ALFAGUARA

ALFAGUARA JUVENIL

2003, MARÍA BRANDÁN ARÁOZ
www.brandanaraoz.com.ar

De esta edición

ALFAGUARA

2003, Aguilar, Altea, Taurus, Alfaguara S.A.
Av. Leandro N. Alem 720 (C1001AAP) Ciudad de Buenos Aires, Argentina

ISBN 10: 987-04-0227-5
ISBN 13: 978-987-04-0227-5
Hecho el depósito que marca la Ley 11.723
Impreso en Argentina. *Printed in Argentina*

Primera edición: octubre de 2003
Primera reimpresión: julio de 2004
Segunda edición: septiembre de 2005
Segunda reimpresión: febrero de 2007

Dirección editorial: Herminia Mérega
Edición: María Fernanda Maquieira

Diseño de la colección: Manuel Estrada

Una editorial del grupo **Santillana** que edita en:
España • Argentina • Bolivia • Brasil • Colombia
Costa Rica • Chile • Ecuador • El Salvador • EE.UU.
Guatemala • Honduras • México • Panamá • Paraguay
Perú • Portugal • Puerto Rico • República Dominicana
Uruguay • Venezuela

Brandán Aráoz, María
    Detectives en recoleta - 2a ed. - Buenos Aires :
Aguilar, Altea, Taurus, Alfaguara, 2005.
    288 p. ; 20x12 cm. (Azul)

    ISBN 987-04-0227-5

    1. Narrativa Infantil y Juvenil Argentina. I. Título
    CDD A863.928 2

Detectives en Recoleta

María Brandán Aráoz

Ilustraciones de Pez

ALFAGUARA

*A mi familia
que me apoya siempre:
Negro, Mery, Dolo y Magui.*

*A mis amigos-lectores:
Denise y Pablo.*

1
EL ROBO

En los fondos del sótano circular envuelto en penumbras, los cuadros se apilan sin disciplina contra las paredes, las columnas y alrededor del alambre perimetral de la bóveda de seguridad. Estatuas polvorientas y jarrones abandonados son figuras fantasmales que acechan entre los bastidores. Yo estoy contra la última columna, y el cuerpo entumecido ya casi no me sostiene. Las manos me transpiran y un sudor frío me recorre entero. La oscuridad del escondrijo contrasta con el resto del sótano, en prolijo e iluminado orden.

Es hora de la última recorrida. El hombre corpulento abre la puerta del sótano y sus pasos resuenan con pesadez por las escaleras. Un silbido entonando un tango preanuncia su llegada.

Recorre a grandes pasos los primeros metros, examina la puerta de la bóveda y vuelve a silbar más fuerte, como diciéndose "todo está en orden". Prende su linterna, y se dispone a revisar los fondos donde se apilan las obras de artistas nuevos que no fueron retiradas al finalizar las exposiciones. Tropieza y rezonga por lo bajo; al hombre corpulento le cuesta deambular en medio de aquel desorden. "¿Por qué los dueños no vendrán a buscarlas?", se queja en voz alta.

Ahora el foco de su linterna baña de luz el penúltimo tramo y él inicia su trabajosa recorrida por el pasillo atestado. Avanza a desgano entre cajas de embalaje y pilas de cuadros que se dan la espalda.

La luz pasa peligrosamente cerca; pego la espalda con fuerza a la columna y trato de no pestañear. El hombre está a un metro de distancia, puedo sentir, como amenazas, su respiración agitada y el foco que va descubriendo las últimas paredes.

Un golpe seco lo sorprende.

—¿Quién anda ahí?

El corazón me da un vuelco. Me descubrió. No tengo opción, saco del bolsillo la navaja. Tenso y a la expectativa estoy dispuesto a dar el salto. Los pasos se acercan, la linterna baña de luz la primera columna; yo estoy en la siguiente. No importan las precauciones que haya tomado ni la forzada inmovilidad, no podré resistir esa luz en plena cara. La claridad es una enemiga. Y por nada del mundo volveré a Devoto, nunca. Estoy jugado.

De improviso, un largo maullido y un bulto oscuro que aterriza entre las cajas sobresaltan al hombre y la linterna se desvía.

—¡Fritz! ¿Otra vez me seguiste?

¡El gato me salvó! Parpadeo y vuelvo a respirar.

Desanda el recorrido con trancos rápidos, alza al animal y lo reta afectuosamente. Va hasta el final del sótano y, tras iluminar por última vez la bóveda de seguridad y los corredores de ambos lados, se dirige hacia las escaleras. Sin conectar la alarma, sube con el gato en brazos y desaparece.

La oscuridad es una aliada; salgo de mi parálisis, guardo la navaja y me seco con el pañuelo la frente y el cuello empapados por el pánico. Respiro profundo. "Tranquilo. Hoy trabajan en el salón de actos. Hasta que no se hayan ido todos, no conectan las alarmas", pienso. Si soy cuidadoso, tendré tiempo de terminar el trabajo y escapar sin ser descubierto.

Ha llegado el momento de actuar, y debo ser preciso en cada movimiento y evitar que los nervios me jueguen una mala pasada. "Es nuestra única oportunidad, dijo el hombre al encargarme el trabajo, en unos días cambia el sistema de seguridad y habrá cámaras por todos lados. No quiero equivocaciones". Recuerdo muy bien esos ojos opacos, amenazantes. Un solo error podría costarme la cárcel... o la vida.

Calzo los guantes de cirujano y avanzo hacia la caja de embalaje donde están las pinturas; es hora de dar comienzo a la operación.

◆

Ella está refugiada en su asiento de raíces, en medio de la oscuridad de la plaza. A sus espaldas, la figura imponente del ombú le infunde energías. La corteza centenaria es la protección que necesita su cuerpo exhausto después de todo un día de ardua tarea en la Plaza Intendente Alvear. "Mucho trabajo y pocas ganancias", recuerda desanimada. Turistas y locales están dispuestos a que les tiren las cartas siempre y cuando se les cobre una miseria. ¡Y ella vive de su trabajo! "Cualquier día dejo de fingir y busco otra cosa como la gente".

En la plaza y las calles desiertas, el aire invernal de julio corta el aliento; las tres de la mañana no es buena hora para deambular por el barrio de Recoleta. Ya es tiempo de volver a casa.

Fija sus ojos claros y saltones en los árboles que oscurecen la calle Schiaffino. Los trabajos de refacción del hotel Plaza Francia, frente al museo, y el mal alumbrado público la vuelven aún más desolada y siniestra. Se estremece. Por su imaginación se cruza un mal presagio.

De repente, como si hubiera convocado a algún espíritu, una figura menuda y oscura emerge del hueco de una ventana del museo y, con agilidad de simio, se descuelga con una soga hacia la calle.

"Salió del Palais y lleva algo entre las manos. ¿Por qué no suenan las alarmas?", se pregunta.

Ahora el sujeto diminuto corre a toda velocidad hacia la esquina, hacia la plaza y hacia ella. Piensa en gritar, en interponerse en el camino del fugitivo, pero el frío y la indecisión la paralizan; le pesa el cuerpo adherido al árbol y no atina a moverse.

Él llega a la plaza, sube los escalones de a dos y, al pasar junto al árbol, la descubre. Las dos manos aferradas a la bolsa negra no pueden impedirlo, el viento le arrebata la capucha y el farol baña de luz su cabeza pelirroja. Por un breve instante, sus miradas se cruzan reconociéndose. Y el encapuchado cruza, libre, la avenida y huye por la plaza rumbo al cementerio.

Mauro Fromm esperó a que la cinta transportadora de equipajes girara una vez más, estiró un largo y musculoso brazo, y capturó la valija al vuelo. La había marcado con una gran M amarilla para poder reconocerla a distancia.

Ezeiza estaba atestado de pasajeros que acarreaban bolsos y pertenencias. También de personas que venían a recibir o despedir a sus seres queridos.

Como le sucedía en ocasiones, lo invadió una oleada de tristeza; él no tenía padres y sus tíos habían quedado en Berlín. Walter, su tutor en Buenos Aires, había viajado de urgencia a su campo de Entre Ríos anegado por las recientes inundaciones. ¡Si Adela, su novia, hubiera venido a recibirlo! Pero era un día de clases y a esa hora tanto ella como Inés y Pablo Aguilar, sus íntimos amigos, estarían en el colegio.

Mauro miró con nerviosismo a su alrededor tratando de descubrir a Gino, un remisero de confianza de Walter, que iría a buscarlo a la puerta de desembarco. Dio un vistazo a su reloj pulsera: las doce. "El vuelo se retrasó dos horas. A lo mejor se cansó de esperar y se fue a tomar un café a la confitería", pensó.

Para distraerse, se acercó al puesto de diarios y compró un matutino. Al dar vuelta las páginas, varios titulares le saltaron a la vista: "EN EL CONGRESO TRABAN LEYES CLAVE", "OLA DE CALOR EN EUROPA", "EL PAPA RUEGA POR LA PAZ", "SIN PISTAS EN EL PALAIS DE GLACE".

La última noticia despertó la curiosidad de Mauro, dobló el diario y leyó:

La policía no tiene ninguna pista sobre el robo ocurrido recientemente en el Palais de Glace.

Recordamos que tras haber intentado sin éxito forzar la bóveda de seguridad, donde se encuentran valiosas obras que son patrimonio del Palais, los ladrones sustrajeron sólo cuadros de escasas dimensiones, dos óleos sobre tela, ambos pertenecientes a pintores de la escuela holandesa. Las pinturas, que estarían aseguradas, habían sido cedidas en préstamo por un coleccionista alemán que vive en Bariloche para la muestra "Arte barroco y Siglo de Oro holandés", recientemente inaugurada.

Este hecho se suma a otros robos similares cometidos en los últimos dos años en casas particulares. Según se supo, fueron sustraídas un total de cincuenta obras de pintores reconocidos, y los siete golpes muestran un mismo patrón: la mayoría fue cometida al finalizar la tarde, en viviendas solas o con sus dueños de vacaciones. Los ladrones fuerzan las cerraduras con la técnica de un experto cerrajero y, según presumen las víctimas, habrían contado con un informante que tuvo acceso a las casas en los días previos al robo. Aunque esta vez el hurto se cometió en el Palais de Glace, la policía sospecha que podría haber alguna conexión entre estos delitos.

Tras el cierre judicial dispuesto, el lugar reabrirá sus puertas mañana y la mencionada muestra podrá ser visitada por el público hasta fin de mes.

"¿Por qué arriesgarse a entrar en el Palais para llevarse sólo estas dos obras?", se preguntaba Mauro con un cosquilleo de agitación. La noticia del robo había despertado en él su instinto de detective.

Junto a sus ansias de investigador, asomaron otra vez las caras vivaces de Adela, Inés y Pablo;

para su novia y sus amigos él era Sherlock, por su olfato y su afición a los misterios. Ya habían desentrañado un robo de brillantes, en Bariloche, desbaratado a una mafia de secuestradores de perros en Palermo Viejo y hasta develado la identidad de unos ladrones de hacienda en Belgrano y Zárate.

Mauro guardó el diario en su mochila, decidido a releer la noticia completa más tarde, y sonrió al recordar que pronto estarían todos juntos para disfrutar de tres semanas de vacaciones de invierno. ¡No veía la hora de verlos!

Tan abstraído estaba en sus pensamientos, que ni siquiera notó la llegada del chofer hasta que se apoderó de su equipaje y, hablando sin parar, lo condujo hacia el estacionamiento.

Una hora después, el Fiat volaba por la avenida Del Libertador con Gino al volante, quien no cesaba de ponderar sus dotes de corredor frustrado.

—...Y todo es cuestión de muñeca. Para mí el manejo no tiene secretos. Por eso el señor Walter me tiene confianza, sabe que conmigo vas seguro.

—Ay, ¿adónde vas? Pueyrredón ya la pasamos —se lamentó Mauro.

Sorprendido, el otro redujo la velocidad, esquivó dos autos y se tiró a la derecha cosechando una larga serie de bocinazos.

—¡Pensé que era en la avenida Callao! ¡Me hubieras avisado!

—*Traté*, pero no me escuchabas.

—No importa. Voy a doblar en Schiaffino, y daremos la vuelta por acá.

Pero al retomar por la calle Posadas, para luego desviarse hacia Libertador, advirtieron que habían puesto vallas en la calle y el tráfico estaba cortado. En la puerta del Palais de Glace, vieron estacionado un auto patrullero.

Repentinamente, Mauro recordó la noticia del diario, y un hormigueo de curiosidad lo recorrió entero.

—Gino, mejor yo me bajo acá y voy caminando. Tengo las piernas entumecidas de tantas horas de avión. ¿Podrías llevar mi valija al departamento de mis amigos? —le extendió un papel con la dirección.

—Sí, andá nomás. Y cualquier cosa que necesites, llamame a la agencia. Ah, me olvidaba, tu tío me dio este teléfono celular para vos. ¿Ya te di mi tarjeta, no? Acordate de que don Walter tiene cuenta corriente.

Mauro bajó del auto y se encaminó muy decidido hacia el lugar del delito. "Aprovecho para dar una vuelta por afuera del Palais a ver si averiguo algo. Total, los chicos todavía estarán en el colegio", pensó entusiasmado.

El patrullero estaba cerrado y vacío, pero en la puerta del Palais había dos oficiales de seguridad. Mauro se quedó un rato mirando el cartel que había en el frente donde se anunciaba la próxima exposición, mientras pensaba en alguna excusa que le permitiera hacer preguntas.

De repente, vio acercarse a un hombre de abundante barba y bigotes, vestido con uniforme azul de trabajo y una gorra con visera. Se detuvo a un metro de distancia, abrió su caja de herramientas y acomodó algo en su interior.

Mauro se quedó un momento observándolo: pese a tener la cara casi cubierta, le veía cierto aire familiar. El hombre cerró la valija y, al reparar en él, le sostuvo la mirada; esbozó una sonrisa y se le acercó.

—Hola. ¿Te acordás de mí? —le preguntó con voz cavernosa.

—Perdón, ¿nos conocemos?

—Estuve una vez en la casa de tu tío, por un trabajo de carpintería.

—¿Sí? ¿Y cuándo fue eso? —Mauro trató de hacer memoria.

—Hace un par de años —lo miró con detenimiento—. Mirá, hoy vine a desarmar unos bastidores y justo me falló mi ayudante. ¿Te importaría darme una mano?

Mauro estuvo a punto de decirle que no recordaba haberlo visto en el departamento de Walter y que sabía muy poco de carpintería..., pero una idea pasó como ráfaga por su cabeza y cambió de opinión.

—¿Tiene que hacer un trabajo en el Palais?

—Sí, para un cliente que expone.

—Está bien, yo lo ayudo. Cree... digo, ¿me dejarán entrar?

El otro hizo un gesto de asentimiento, y le mostró una autorización.

Poco después, los dos sortearon sin problemas al personal de seguridad y entraron en el Palais de Glace.

Mauro caminaba junto al carpintero mirándolo de reojo: "La cara me resulta familiar, pero estoy seguro de que nunca vino a hacer trabajos de carpintería a casa. ¿De dónde lo conozco, entonces?".

Como el hombre no hablaba, él tampoco se atrevió a abrir la boca aunque esperaba la menor oportunidad para hacerle alguna pregunta sobre el robo. "Si su cliente expone, de algo debe estar enterado", pensó. Recorrieron en silencio el pasillo central. El de uniforme azul miraba con detenimiento todos los cuadros, parecía no tener apuro por realizar su trabajo. Mauro, acostumbrado a recorrer museos en Berlín, París, Madrid y otras ciudades de Europa, no pudo evitar admirar las pinturas que llamaban su atención desde los trabajados marcos. Había óleos sobre tela, de diferentes dimensiones, retratos de nobles, obras religiosas y escenas de la burguesía, todas del Siglo de Oro holandés. En otras paredes colgaban excelentes reproducciones de Rembrandt, Velázquez, Murillo, Caravaggio, y famosos pintores del período Barroco.

La caminata los condujo a una arcada lateral cerca de donde estaba emplazado el bar. De repente, antes de llegar, el hombre se detuvo en la semipenumbra y escrutó a Mauro con ojos penetrantes:

—¿Qué viniste a hacer acá? ¿A meter las narices en otro misterio? ¿No te bastó con lo que pasó en Bariloche? —su voz sonaba diferente y conocida.

El de uniforme se sacó la gorra y despegó parte de la barba y los bigotes. Mauro retrocedió, anonadado por el asombro.

3
LA MUDANZA

Dos semanas antes, en el barrio de Palermo...

—¡ADELAAA!

El grito destemplado estremeció la casa entera. Adela atinó a taparse los oídos mientras corría por el pasillo. Su madre estaba completamente alterada a causa de la mudanza; no convenía hacerla esperar.

En el patio la recibieron Guardiana con cara de "yo no hice nada" y su madre, los ojos desorbitados por la furia, con una bota de gamuza destrozada en la mano.

—¡LLEVATE A TU PERRA YA! —volvió a gritar.

—¿Qué te hizo la pobre? —Adela la acarició con disimulo.

—Preguntá mejor qué no hizo. ¡Mirá cómo quedó mi bota nueva! Y también masticó un par de medias, usó como alfombra una toalla que se cayó del ténder y rompió el suéter azul de tu padre. ¡Y eso que ya tiene dos años!

—¡Ah! ¡Si la ropa queda tirada por ahí...! —suspiró Adela.

—¡ADELA! Encerrá a Guardiana en el patio, y asegurate de que no salga hasta que terminemos de llenar los canastos. Mirá que todavía no estoy *del todo* convencida de tenerla en el nuevo departamento.

—¡Sí, mamá! ¡No te preocupes! Me... ¡me la llevo un rato a la plaza! —dijo Adela simulando gran obediencia, mientras pensaba: "Y de paso, zafo de llenar algunos canastos. Si mamá se vuelve atrás ahora... ¡yo me muero!". Con lo que le había costado convencerla de conservar a Guardiana (y eso que su padre la había ayudado); no era cosa de arruinarlo todo a último momento.

Adela sacó la bicicleta nueva de color anaranjado brillante y con dieciocho cambios (estaba orgullosa de haberla comprado con sus ahorros) y le puso la correa a Guardiana. Partieron por la calle Oro, camino a la plaza, a una velocidad sincronizada de patas y ruedas que Adela había logrado tras una paciente práctica de meses de entrenamiento.

Era un sábado de fines de junio, pero no hacía demasiado frío en aquel día de sol brillante. Mientras disfrutaba del sano ejercicio, recordó los sucesos de los últimos meses.

A la vuelta de unas vacaciones en Bariloche con sus amigos Inés y Pablo Aguilar, y Mauro Fromm, su novio (¡nunca olvidaría las emocionantes aventuras que habían vivido ese verano!), sus padres le comunicaron las novedades:

—La casa necesita muchos arreglos —empezó su madre—, y a pesar de que los dos trabajamos, el presupuesto no nos alcanza.

—Además, le hace falta un buen sistema de seguridad, porque últimamente ha habido muchos asaltos en la zona —siguió el padre.

—Y cuando salimos de noche, nos preocupa dejarte sola —explicó la madre

—¿Entonces? —preguntó Adela sospechando lo peor.

—Recibimos una oferta por la casa. Pensamos venderla y mudarnos a un departamento en Pueyrredón y Vicente López. Me lo ofreció un cliente a buen precio —dijo el padre.

—Es mucho más seguro —concluyó la madre.

Al principio Adela se desesperó. No quería mudarse otra vez (¡hacía menos de tres años que se habían venido de Belgrano!), le dolía abandonar ese barrio tranquilo, la Plaza Colombia donde siempre paseaba a Guardiana, cambiar de veterinaria (Zaia le hacía precio y era muy buena), decirles adiós a los vecinos, y renunciar a ver todos los días a sus íntimos amigos Inés y Pablo, que vivían tan cerca. Se le hizo un nudo en la garganta y pensó que no tenía valor para darles la mala noticia.

Además, ¿cómo lo tomaría Mauro cuando volviera de Berlín? En el último e-mail le anunciaba que se venía a vivir definitivamente a Buenos Aires con Walter. Y el departamento del tutor quedaba a sólo tres cuadras de su casa.

Desolada por la mala noticia, Adela corrió a compartirla con su vecina y mejor amiga.

—¿Y ya saben dónde se mudan? —dijo Inés muy tranquila.

—Sí, a un departamento en Pueyrredón y Vicente López que un cliente le ofreció a papá a buen precio. Él quiere estar cerca de la oficina y... ¡Ya no nos veremos tan seguido, ni podremos ir juntas al colegio, ni llevar a Guardiana a la plaza! —se desesperó Adela, sorprendida por la tibia reacción de Inés.

—¡Increíble! ¡Y yo que no sabía cómo decírtelo!

—¿Decirme qué? —y pensó: "¿Mis padres le habrán comentado algo a los suyos?". Adela no entendía nada.

—¡Nosotros nos mudamos a la misma zona!

Mi tía Victoria se va a vivir a Bariloche, y nos alquila su departamento de la avenida Pueyrredón y Levene, que es más grande. Estamos recontentos porque la hermana de mamá y mis primos viven a seis cuadras. ¡Y ahora vos...! ¿Te das cuenta? ¡Seguiremos siendo vecinas!

—¡Inés, eso es fabuloso! Al principio pensé... pensé que no te importaba que me fuera —Adela la abrazó con fuerza reprimiendo un sollozo de alivio.

Hasta Guardiana, como si presintiera que las novedades eran buenas, saltó sobre Inés y Adela para lamerles la cara.

—¡Auxilio, que nos empapa! —se burló Inés, conmovida ante semejantes demostraciones de cariño.

"¡Increíble cómo se arregló todo!", pensaba ahora Adela, entre pedaleo y pedaleo, mientras Guardiana llevaba la delantera camino a la plaza de la calle Colombia, frente a la Embajada de los Estados Unidos. Todavía le parecía mentira que al día siguiente, veintinueve de junio, su familia, con Guardiana incluida, se mudara a un antiguo edificio de la avenida Pueyrredón. Por suerte, Pablo e Inés ya estaban instalados en un décimo piso, en la misma avenida y a sólo dos cuadras, desde hacía una semana.

Adela se distrajo de sus pensamientos, frenó la bicicleta, se bajó y soltó a Guardiana de la correa para que pudiera trotar a gusto por el pasto. Ella se sentó en un banco a descansar un rato y a comerse un alfajor. Los nervios por la mudanza le habían abierto el apetito. "¡Cómo estresa cambiar de casa!", pensó Adela. Terminó el alfajor de un bocado, y sacó un par de galletitas del bolsillo de su campera.

—¿Me convidás una? —dijo una voz burlona y conocida.

—¡Inés! ¿Cuándo llegaste? ¡No te vi para nada!

—Hace rato que te estoy haciendo señas desde la esquina. Ponete los anteojos o los lentes de contacto, ¡si no ves nada!

—¡Oh, hablás igual que mamá! No los necesito tanto. Y los lentes de contacto me molestan si me los dejo puestos mucho tiempo. ¿Por qué no me avisaste que venías?

—Te llamé por teléfono y tu mamá me dijo que estabas acá, así que agarré la bici y me vine. ¡No podía esperar más para darte la noticia de Mauro! —se detuvo y la miró expectante.

—Vamos, Inés, ¡no ves que estoy muerta de curiosidad!

—Todo se le complicó: a su tío Walter se le inundó el campo y tuvo que viajar urgente a

Entre Ríos. Se tiene que quedar allá hasta fines de julio.

—¿Mauro se va al campo? ¿Pero... por qué no me lo dijo? Estás más enterada que yo —dijo Adela algo celosa.

—No, el que se va es el tío. Mauro no te dijo nada porque primero tenía que hablar con Pablo para... Sherlock nos preguntó si podía... ¡pasar todo el mes de julio en nuestro departamento! Por supuesto, le dijimos que sí. ¡Llega el viernes catorce, como te dijo!

—El último día de clases, justo antes de las vacaciones —suspiró Adela, aliviada—. Ojalá pase pronto porque... ¡lo extraño una barbaridad!

Aburrida de que no le hicieran caso, Guardiana se subió al banco y se acomodó sobre las patas traseras entre las dos amigas; con una pata en el regazo de Adela y otra en la falda de Inés, abrió la boca y emitió un gruñido casi humano como diciendo: "Ojo que acá estoy yo. No me dejen fuera de la conversación".

¡Era el ex comisario Moreno! Mauro no lo podía creer.

—Celebro que no me hayas reconocido antes, Sherlock. Eso quiere decir que mi disfraz es bueno. De todos modos, estoy acá de incógnito y no me podía arriesgar. Ahora contestame, ¿no estabas en Berlín, vos?

—Y usted, ¿no estaba viviendo en Bariloche?

—Llegué anoche en misión especial —y bajando la voz—. Un coleccionista alemán que vive en Bariloche había mandado dos cuadros muy valiosos de la escuela holandesa del 1600 para exhibir en la muestra. Y me contrató para que investigara porque...

—¡Ya sé! ¡Leí en el diario que los robaron! —exclamó Mauro.

—Sí, hace dos días. Lo curioso es que las pinturas llegaron a último momento, por eso aún permanecían embaladas en el sótano. La policía no tiene pistas, y mi cliente se siente muy afectado porque, si bien estaban aseguradas, tenían un gran valor afectivo para él: las heredó de su padre.

—No sabía que usted se dedicara a la investigación privada.

—Tengo una jubilación escasa, y la pesca no da para vivir. Además, mi viejo auto necesita un par de arreglos —y haciendo una pausa, prosiguió—: Creo que nuestro encuentro fue providencial. ¿Te gustaría ayudarme en este caso? Como sé que sos muy buen investigador...

Mauro enrojeció de satisfacción hasta la raíz del pelo.

—¡Cuente conmigo, Moreno! Tengo tres semanas de vacaciones por delante.

El ex comisario largó la carcajada, y lo palmeó en el hombro.

—Gracias, Mauro, pero no va a ser necesario que trabajes todas tus vacaciones. Me basta con saber que cuento con vos para algunas diligencias que yo no pueda hacer, y tomar nota de todo lo que se te ocurra. Luego compararíamos nuestros apuntes. En este robo hay cosas que no cierran. Ya te voy a explicar. Cuatro ojos ven más que dos.

—Adela, Inés y Pablo también pueden ayudarnos. ¡Acaban de mudarse a este barrio!

Mauro aprovechó para ponerlo al corriente de las novedades.

—Tenemos que apurarnos, antes de que alguien nos pregunte qué bastidores venimos a desarmar. Acompañame, voy a tratar de sacarle información al encargado del bar. ¿Seguís teniendo buena memoria?

—Tengo algo mejor —dijo Mauro. Y rebuscando en su mochila sacó un grabador—. Puedo ponerme los auriculares al cuello como si los usara sólo para escuchar discos compactos.

—Buena idea. Esa mente de detective sigue funcionando.

Mauro acompañó a Moreno con el corazón a los saltos. ¡No podía creer lo que estaba viviendo! Recién llegado, y ya participaba en la investigación de un robo. ¡No era el colmo de la buena suerte!

Un mozo pelado, de gesto ceñudo y cara de aburrido, secaba vasos y ceniceros en el mostrador del bar.

—¿Podríamos tomar una gaseosa? —preguntó Moreno.

—El bar está cerrado. Estoy ordenando porque mañana abrimos temprano.

—¡Qué lástima! Estamos muertos de sed.

Mauro puso cara de mártir, y se secó la frente con la palma de la mano. ¡Estaba tan ansioso por entrar en acción que transpiraba de nervios!

El hombre se ablandó un poco.

—Puedo darles agua fresca —propuso de mejor humor.

Moreno aceptó con una sonrisa y le agradeció tan efusivamente "la molestia" que, hechas las presentaciones, Correa, que así se llamaba el hombre, y el ex comisario se pusieron a charlar en el mostrador del bar. Moreno derivó con habilidad la conversación hacia el tema del robo. Mauro presionó el botón del grabador que tenía en la cintura, y se puso a jugar con los auriculares.

—...Y para los que trabajamos acá fue una sorpresa descubrir que habían robado dos pinturas originales del subsuelo —reveló Correa—. Ignorábamos que hubiera dos cuadros valiosos fuera de la bóveda, que es donde se guarda el patrimonio del Palais. Pero esa mañana, cuando llegamos, esto era un reguero de policías. Así nos enteramos.

—¿Y quién les dio el aviso?

—Fue Bruno, el intendente del Palais. Él trabaja y vive acá. Resulta que esa noche...

Mientras el hombre hablaba, Mauro empezó a imaginar la escena, mientras se preguntaba cuáles habrían sido los pasos del ladrón.

Bruno Castello cerró la puerta del sótano y, con el gato pisándole los talones, recorrió los pasillos en penumbras. Después de treinta años se sabía de memoria cada metro cuadrado del Palais. Siempre se había quejado de la mala iluminación de los corredores, también de las condiciones en que tenía que recorrer el sótano. ¡Si hasta era mejor usar el sol de noche para revisar los fondos! Pero esa vez se había quedado sin gas y tuvo que recurrir a la linterna. "Todo eso se resolverá la semana próxima cuando cambie el sistema de seguridad. Cámaras de televisión, alarmas nuevas, todo un equipo sofisticado y más guardias", en eso pensaba mientras se dirigía hacia el salón de actos.

En la entrada, se topó con el guardia de seguridad.

—¿Ya conectó las alarmas, Bruno?

—No, jefe. Hoy somos cuatro los que trabajamos hasta tarde en el salón de actos. Hay que armar bastidores y colgar cortinados para la exposición de mañana. Las conecto cuando hayamos terminado y se vayan todos.

—De acuerdo. Mi colega está en el primer piso, y yo ya hice una recorrida por la planta baja. ¿Habría un mate para mantenerme despierto? Me olvidé todo el equipo en casa...

—Seguro. Vamos con los muchachos. La casa invita.

A las tres de la mañana, Bruno despidió a los otros, conectó las alarmas y se fue a su casa. Ningún ruido perturbaba la paz del Palais.

Horas después, cuando abrió la puerta del sótano para esperar a los del taller de carpintería y restauración, se encontró con la sorpresa: la cerradura de la puerta había sido forzada. En el primer pasillo vio los estragos: una escultura rota que representaba a un gladiador yacía

en el piso y una caja de embalaje, abierta con apresura-
miento, estaba vacía. Corrió hacia la bóveda de seguridad;
habían tratado de forzar la cerradura. "Por suerte no pudieron", pensó aliviado. Pero habían robado el contenido de
la caja.

Pensando que el ladrón podría estar todavía
adentro, Bruno corrió por las escaleras y llamó a la policía.

El sonido del teléfono celular de Moreno
interrumpió el relato del mozo y trajo a Mauro a
la realidad. El ex comisario atendió en contados
minutos y palabras, y cortó con un gesto de
disgusto.

—Hay clientes que no saben esperar. Parece que tengo que irme —se excusó. Y dirigiéndose al mozo—: Le agradezco mucho el agua y la
charla, Correa. Es un caso interesante, espero que
la policía lo resuelva.

—Nosotros también. Acá no hubo un robo en treinta años.

Y tras las despedidas de rigor...

—¿Vamos, Mauro?

—¿No podría quedarme un rato mirando
los cuadros? Es por ese trabajo que tengo que hacer para el colegio.

Moreno adivinó la intención de Mauro, le
hizo señas de que después lo llamaba, le guiñó un
ojo a espaldas del mozo, y desapareció.

—¿No sería mejor que volvieras en un día más tranquilo? —comentó Correa cuando el ex comisario se fue—. ¿Qué trabajo tenés que hacer?

—Oh, tengo que escribir sobre el arte barroco y el Siglo de Oro holandés, las distintas escuelas del 1600 en adelante y los pintores de la posguerra anglo-holandesa, desde los menos cotizados hasta los de mayor renombre como Lastman, Rembrandt, Lievens, Isaacsz —alardeó Mauro agradecido al curso de Historia del Arte que había hecho ese año en su colegio de Berlín.

—Entonces te va a convenir pasar por las oficinas de la administración y hablar con la profesora Hilda González, del departamento de Relaciones Públicas. Ella es la que se encarga de dar información a los maestros y a los estudiantes.

De pronto bajó la voz para decir:

—Hablando de Roma... acá viene ella.

Mauro se dio vuelta y vio avanzar hacia el bar a una mujer de mediana edad, con gruesos anteojos y el pelo rubio recogido en un apretado rodete.

—¡Correa! Creo haberle dicho que me dejara algunas sillas en el salón de actos. ¡No me diga que ya se olvidó! ¿Dónde tiene la cabeza? —le reprochó desde lejos.

—Ahora voy —aceptó el mozo de mala gana. Y rezongó en voz baja—: Ésa no es mi tarea.

Mauro aprovechó la oportunidad para ir hacia Hilda exhibiendo su mejor sonrisa.

—Disculpe, señora. Yo... necesito cierta información para un trabajo que estoy haciendo en el colegio, y pensé...

—No elegiste un buen día. Y no entiendo cómo entraste; el Palais está cerrado al público hasta mañana.

—Vine a ayudar a un amigo con unos bastidores para un cliente que expone en la muestra. Él... tuvo que irse —balbuceó Mauro, algo intimidado.

—Te sugiero que hagas lo mismo. Volvé cuando el Palais se haya reabierto y, si necesitás información, pedí una entrevista.

Sin esperar respuesta, la mujer se fue taconeando fuerte.

A la salida, los guardias de seguridad charlaban entre ellos y no le hicieron demasiado caso. Mauro apresuró la marcha y caminó por la calle Posadas contento de pasar desapercibido.

Ya en Plaza Francia, fue incapaz de contener las ganas de cumplir con el encargo de Moreno, abrió su mochila, sacó su agenda, se sentó en un banco y escribió:

Robo de cuadros en el Palais de Glace
Cosas que me llamaron la atención

1. *¿Por qué se llevaron sólo dos obras cedidas por un coleccionista de Bariloche y no otras más valiosas expuestas en la planta baja?*
2. *¿Era uno o varios delincuentes?*
3. *Si el robo fue planeado con anticipación, previendo que el sistema de alarmas no había sido cambiado todavía, ¿pudo haber un informante de adentro?*
4. *¿Estará relacionado este robo con los otros cometidos en casas de familia que menciona el diario?*
5. *¿No hubo ningún testigo que viera salir al ladrón del Palais?*

NOTA: *Pedirle detalles a Moreno sobre los dos cuadros que se llevaron, para investigar sobre las pinturas.*

Concluidas sus anotaciones, Mauro pensó en sus amigos. "¡Adela, Inés y Pablo, no lo van a poder creer!, Sherlock acaba de llegar y... ¡ya tenemos un misterio!", se dijo muy satisfecho.

Miró su reloj: la una. Los chicos estarían volviendo del colegio. De repente sintió una gran ansiedad por verlos. Cruzó Levene y se dirigió al departamento de sus amigos.

5

MISTERIOSO RECIBIMIENTO

Mauro estaba por apretar el botón del portero eléctrico, cuando se abrió la puerta de calle y salió una mujer vestida de colorado, con pelo amarillo de escoba y ojos celestes saltones. Mauro hizo su sonrisa entre educada e ingenua y, seguro de su efecto seductor en personas mayores, amagó con entrar, pero la mujer se interpuso y no lo dejó.

—¿A qué piso vas?

—Al noveno, o al décimo, no me acuerdo —dudó, porque le había entregado el papel con la dirección al remisero.

—Decidite por uno, y después tocá el timbre.

—Seguro... Pensé que... Como usted salía...

—Mirá, pibe, yo no puedo, aunque quisiera, dejar entrar a alguien que no conozco. Con las cosas que pasan....

—No se preocupe... Voy a lo de la familia Aguilar, pero le toco timbre al portero y le pregunto. Espero que hayan vuelto del colegio...

—Ah, ya sé, son los chicos que se mudaron hace poco al décimo. Yo vivo acá desde que se estrenó el edificio y los conozco a todos. Disculpá, pero pasan tantas cosas raras últimamente.

Esbozó una sonrisa nerviosa y se fue dejando la puerta abierta.

Mientras esperaba el ascensor, Mauro se preguntó quién sería la vecina de aspecto estrafalario que había sido tan amable en dejarlo entrar. Apenas la luz se prendió en la planta baja, abrió la puerta y se olvidó por completo del incidente: adentro estaba Adela, y él se la comía con los ojos.

—Gino dejó tu valija. Yo... iba a esperarte abajo —exclamó ella ruborizada.

—Y yo subía a verte pensando que habías venido a casa de los chicos —dijo él con la voz ronca por la emoción.

Durante todo el trayecto desde la planta baja hasta el décimo piso, no volvieron a hablar, ocupados como estaban en darse un único e interminable beso de bienvenida. Cuando el ascensor se detuvo, ninguno de los dos se dio cuenta y un nuevo llamado los hizo descender cuatro pisos. Por suerte, lo pararon a tiempo y, entre risas y más besos, subieron de nuevo hasta el departamento de Inés y Pablo.

Cuando llegaron al palier, desde la planta

baja todavía se oían los golpes y los llamados de algún chasqueado propietario.

—¡Cerrá pronto la puerta, que me van a odiar! —informó Adela, entre alarmada y divertida.

—¡Qué te importa que te odien, si yo te requiero! Te extrañé mucho, ¿sabés? No me acordaba el piso de los chicos, y estaba seguro de que ya estabas... Por suerte, una señora rubia de ojos saltones me abrió. Parece que ya conoce a los Aguilar —dijo Mauro acariciándole el pelo.

—Debe ser la vecina del trece —dijo Adela, algo avergonzada y ansiosa por cambiar de tema—. Me parece que Inés charló con ella varias veces. Creo que es adivina y tira las cartas. ¡Viene a verla cada cliente más raro!

—Interesante —opinó Mauro, distraído—. Pero no me contestás. Yo me moría de ganas de verte. ¿Me extrañaste? ¿Por qué nunca me decís nada?

—Mauro, es obvio. Vos ya me conocés, no soy de decir esas cosas —dijo Adela un poco cortada.

Mauro le rodeó los hombros con ademán posesivo y tocó el timbre.

Desde el interior se oyó el rasgueo de una guitarra y la voz de Inés entonando una canción. Desde otra habitación, llegaba el sonido de ruidos y golpes de puerta. Volvieron a tocar el timbre con más insistencia. De repente, todo fue carreras y gritos; Pablo e Inés peleaban por ver quién llegaba primero a recibirlos. Por supuesto, abrieron los dos al mismo tiempo y en medio de un gran alboroto.

—¡Por fin! ¡Te esperábamos desde hace rato! —Pablo abrazó a su amigo, clavándole sin querer un destornillador que tenía en la mano.

—¡Mauro, estás hecho un gigante! ¿Hasta cuándo pensás crecer? —Inés, con la guitarra en la mano, se paró en puntas de pie para besarlo.

—Los alemanes de mi familia siguen hasta el metro noventa. Y yo todavía no llegué —dijo Mauro largando una carcajada.

—¡Ni se te ocurra andar mirando a la gente desde arriba! —saltó divertida Inés.

—¿Dónde estabas? El remisero de tu tío dejó la valija. Llama cada diez minutos para preguntar si llegaste —intervino Pablo.

—Ya les voy a contar —cuchicheó Mauro, misterioso.

—Chicos, ustedes no notan que aquí falta alguien —interrumpió Adela—. ¿No quieren que vaya a casa a buscar a Guardiana? Estoy a dos cuadras. La pobre quedó encerrada en el lavadero y seguro que está llorando.

—Por favor, que nadie se mueva ahora —la detuvo Mauro—. Tengo algo urgente que contarles —y agregó mirando a Pablo—: ¿están tus padres en casa? Primero quería saludarlos y darles una carta de agradecimiento de mis tíos por su invitación a quedarme aquí.

—Dejalo para esta noche. Papá almuerza en el estudio, y mamá ya se fue a trabajar. Aprovechá ahora que estamos solos, vení a sentarte y desembuchá tus novedades. ¿Cómo te fue en Alemania? ¿Por qué llegaste tan tarde? —Pablo arrastró a su amigo al living.

—Te prometo que después te acompaño a buscar a Guardiana y la llevamos un rato a Plaza Francia, como siempre —la animó Inés, viendo que Adela todavía dudaba en la entrada.

Mauro se arrellanó en un sillón de tres cuerpos y les habló sobre la estadía en Berlín, su decisión de volver, y las peripecias del vuelo. Cuando vio los tres pares de ojos clavados en su persona, sonrió satisfecho, y dijo:

—Chicos, ya sé que parece increíble, pero tenemos un nuevo misterio para resolver. Hubo un robo de pinturas en el Palais de Glace, y adivinen quién está trabajando en el caso.

En pocas palabras, les contó todo sobre su visita al Palais, el encuentro con el ex comisario

Moreno, y hasta leyó en voz alta las anotaciones que había hecho a toda máquina en Plaza Francia. Todos lo miraron con la boca abierta. Feliz con el impacto causado, Mauro se dispuso a oír los comentarios de sus amigos.

—Parece un caso menos peligroso que el de Bariloche. Además, "el lugar del delito" nos queda recerca de casa —observó Inés, práctica.

—Lástima que esta vez no contemos con Fernando. Moreno me dijo que siempre se lo encuentra en San Carlos. Inés, ¿sabés si cambió su e-mail? Me rebotó el último que le mandé —dijo Mauro.

Inés desvió la vista, tomó su guitarra y rasgueó unos acordes.

—Cortamos. No sé nada de él —dijo en un susurro.

"Metí la pata", pensó Mauro. Y no supo qué decir.

Pablo rompió el incómodo silencio.

—Tendríamos que investigar más sobre esos cuadros robados, buscar información en Internet, pedirle datos a Moreno...

—Inés, ¿y el trabajo que tenías que hacer sobre Historia del Arte? ¿Por qué no elegís un pintor holandés? Hacés tu tarea y de paso nos sirve para el caso —sugirió Adela, entusiasmada.

—¡Ay, por qué siempre me toca la peor parte! Pensé que me iba a poder dedicar más a la guitarra —suspiró. Y volviéndose a Mauro—: Estoy aprendiendo de oído con un programa que bajé de Internet. ¡Pero, no puedo creer que mi profe de Historia me diera trabajo para hacer en vacaciones!

—Estás floja en la materia porque te pasás las horas chateando con tus amigas —rió Pablo. Aunque es mejor que ver telenovelas.

—Nos consultamos sobre la tarea, para que sepas. Chicos, ¿adivinan cuál es la última de Pablo? ¿Mecánico? No, ahora quiere dedicarse a cerrajero —anunció Inés jocosa.

—Me acabo de comprar un libro recompleto sobre el tema. Puedo abrir cualquier puerta o ventana; las cerraduras ya no tienen secretos para mí —aseguró Pablo sin ofenderse—. Tengo una ganzúa y un destornillador que llevo siempre en el bolsillo.

—¡Buenísimo! Eso nos puede ser útil para la investigación —apuntó Mauro.

—*Guardiana* también puede sernos útil. Además de rastrear personas con sólo olfatear un objeto que hayan usado, ahora la entrené ¡para guiarse por las huellas de las pisadas! ¿Se acuerdan de cuando encontró el rastro de Pancho, el electricista, en el vagón abandonado de tren? —dijo Adela, recordándoles la aventura vivida en Palermo Viejo.

—Calma, detectives. Tenemos un montón de trabajo para hacer. Apenas hable con Moreno, ponemos ¡manos a la obra! —Sherlock se restregó las propias muy satisfecho. Y agregó—: ¿Alguien quiere festejar mi llegada a Buenos Aires? Porque, después de todos estos meses de estudio, tengo ganas de divertirme. ¿Adónde van con sus amigos en este barrio?

—Hay un canto-bar muy piola en Azcuénaga y Vicente López. ¿Por qué no vamos mañana a la noche y lo festejamos ahí? —saltó Adela.

—Ideal para que Inés demuestre sus habilidades —la desafió Pablo.

—¡Ni se les ocurra! A mí no me hagan cantar en público porque me muero de vergüenza. Yo sólo lo hago en casa.

Los varones intercambiaron una mirada cómplice.

—Entonces, ¿festejamos en el canto-bar? —preguntó Mauro.

Todos estuvieron de acuerdo.

6
ENCUENTRO EN PLAZA FRANCIA

*D*esde que salí de Devoto no se me daba una buena. Mi hermana no me sacaba un ojo de encima con su manía de volverme decente. ¿No se percata de que su marido es un tapado? Dice que es un artista. ¡Artista! Si supiera en los negocios que anda. Pero ya no aguanto laburar para él por chirolas, ni mi amigo ni yo queremos sus limosnas. También estoy harto de estar en la empresa para hacerle de alcahuete al matón este por unos cuantos pesos. Necesito prenderme en alguna buena, hacer la mía. Y para que ella no sospeche, tengo que ayudarlos en el puesto de la Feria.

En esto pensaba, cuando se acercó un hombre de barba, ponderó los cuadros y se quedó hablando en voz baja con mi cuñado, hasta que él me señaló con el índice y el tipo vino a encararme.

—Necesito que me hagas un trrrabajo —dijo en un aparte, pronunciando mucho las erres—. Hice averrriguaciones... y acá estoy. Supe que acabas de salirrr...

—No sé qué habrá averiguado o qué le habrá dicho mi cuñado. Pero no se meta conmigo. Yo sé lo que le digo.

—Hay mucha plata en juego... si estás interrresado. Por si cambias de opinión o quierrres saberrr de qué se trrrata... llámame al celularrr —y me dejó una tarjeta...

Nos vimos quince días después; como le desconfiaba, lo cité en un boliche de Azcuénaga y Vicente López, después de la una. Es un lugar decente donde van pibes, ¿quién iba a sospechar? El de las erres me explicó lo que quería. Parecía una locura y sin embargo... con los datos que él tenía, podía salir bien. Los días siguientes volvimos a encontrarnos en distintos lugares y discutimos: cuánto iba a pagarme, cuándo y cómo, y después el plan completo más de mil ochocientas veces. Costó ponernos de acuerdo en todos los detalles.

—Van a cambiar el sistema de alarma y vigilancia. Nuestro trabajo lo vamos a hacer antes. El que tienen ahora no es tan sofisticado.

Seguí pensando que era una locura todo ese lío por dos pinturas, pero el tipo lo quería así, y se tenía todo bien estudiado. La idea de entrar temprano y esconderme en el sótano se me ocurrió a mí y el hombre estuvo de acuerdo. Al final, me dijo que se iba de viaje, que no volviera a llamarlo a ese teléfono

porque lo daba de baja, que volvería a comunicarse
conmigo más cerca de la fecha, y me entregó un celular.
    —*Va a estar habilitado para cuando yo te*
llame.

Al día siguiente amaneció despejado y con
sol. Ideal para llevar a Guardiana a la plaza.

    —¡Puf, a quién se le ocurre venir en bici-
cleta con esta perra! No para de enredar su cadena entre mis ruedas —rezongó Inés, frenando de
golpe por enésima vez.

    —Es que cuando vos estás, le gusta hacer-
te rabiar —rió Adela—. Si viene sola conmigo,
vamos a la par. Está muy bien entrenada.

    —¡Mirá, allá hay un banco libre! ¿Por qué
no soltás a Guardiana y nos sentamos un rato a
tomar sol? —propuso Inés exhausta.

    —Eso quería hacer, y esta tonta no me de-
ja. ¡Guardiana, quieta! —ordenó Adela, mientras
luchaba desde su bicicleta por liberar el gancho
que iba unido al collar de la perra.

    —¡Viste! A vos también te hace rabiar —le
retrucó Inés.

Adela se bajó de su bici nueva, la apoyó
cuidadosamente en el suelo (¡aún estaba flamante!),
e intentó liberar a Guardiana. Pero era tal la ansiedad de la dóberman por estar suelta, que daba

saltos y vueltas sobre sí misma enredándose las patas y el lomo en su propia cadena.

—Parece una perra de circo —rió Inés.

Tuvieron que ayudarla a deshacer semejante embrollo y después se derrumbaron en el banco, agotadas.

—Mauro estaba desesperado por ir a la Facultad de Derecho a averiguar cuándo tiene que inscribirse para el ingreso. Se muere por anotarse para el año que viene —comentó Inés—. ¡Ya se siente abogado!

—Por suerte lo acompañó Pablo, porque si no me iba a arrastrar a mí al trote, como Guardiana cuando la traigo a la plaza. No puedo creer que siga tan mandón como siempre y.... ¡Guardiana, ahí no! —se interrumpió Adela cuando la perra se aprestaba a regar el monumento.

—Pablo tampoco cambia, anoche se puso a desarmar una cerradura antigua del aparador del living y después no la podía hacer funcionar. ¡Mamá se va a poner furiosa! Desde que se compró ese nuevo libraco, *Cerrajería para aficionados*, cree que ninguna puerta tiene secretos para él. ¡Es un peligro! El otro día lo pesqué revisando el candado de mi diario íntimo. ¡Casi lo mato! —exclamó Inés.

—Hablando de tus cosas íntimas. ¿Qué te

pasó con Fernando? Nunca me lo contaste bien. Ayer cuando Mauro te preguntó...

—No hay mucho para contar —dijo Inés incómoda—. Es un colgado; cuando nos despedimos en Bariloche, en el verano, me prometió todo. Y después no vino a Buenos Aires ni una sola vez. Últimamente, ni me contestaba los e-mails. Al final me cansé, lo llamé por teléfono y cortamos. ¡Es muy difícil mantener un noviazgo a la distancia!

—¡Decímelo a mí que ya llevo casi dos años así! Creo que todo era menos complicado antes, cuando éramos sólo amigos —suspiró Adela. Y de pronto exclamó—: ¡Mirala a Guardiana, ahora se le fue encima a una señora!

Las chicas salieron corriendo.

La dóberman husmeaba tan campante entre las chinelas coloradas de una mujer y se dejaba acariciar. Al acercarse, Inés reconoció enseguida a una vecina de su edificio, la mujer del trece.

—¿Cómo estás, querida? ¿Viniste con una amiga? —dijo ella reconociéndola—. Esta perra tiene mucha energía positiva, ¿saben? ¿Cuándo nació? —la observó detenidamente, casi a punto de expulsar sus ojos celestes de las órbitas.

—Cumplió dos años el nueve de junio; el mismo día de mi cumpleaños —informó Adela con orgullo.

—¡Con razón! Entonces la esperan grandes cosas este año —anunció enigmática la mujer.

—¿Existen horóscopos para perros? —se extrañó Inés.

—Deberían existir —dijo ella muy seria.

—Guardiana no se da con extraños, pero se ve que usted le gustó —intervino Adela.

La mujer asintió. De repente se distrajo, y empezó a sacar cosas de una enorme bolsa. Como por encanto, la vieron desplegar una mesa y una silla diminutas de lona rayada, pegar un cartel en el borde, extender un mazo de cartas y sentarse tranquilamente a esperar a su clientela. En el cartel se leía: "Luz, clarividente. Te dice la suerte y te ilumina la mente".

—Si Mahoma no va a la montaña... —recitó al notar la curiosidad de las chicas—. Últimamente tengo pocos clientes a domicilio; sospecho que el portero me los está espantando. Parece mentira, hace treinta años que vivo allí, pero algunos no me quieren.

—¡Oh! No piense eso —se compadeció Adela. Y pensó: "Es un poco rara, aunque debe ser buena persona porque Guardiana se dejó acariciar".

—Yo no creo en estas cosas pero, ¿podría hacerle una pregunta? Si uno sueña varias veces lo mismo, ¿es porque eso va a pasar? —intervino

Inés—. Hace noches que tengo la misma pesadilla: me aplazan en Historia.

—Si no creés en la suerte, hija, mi respuesta no te va a servir de mucho —contestó Luz, divertida. Y agregó—: Según dicen algunos psicólogos, aunque yo no lo soy, eso pasa porque uno sueña lo que *teme* que suceda. Y el *miedo* a veces hace que eso aparezca en el inconsciente.

Mecánicamente, Luz se puso a tirar las cartas sobre la mesa, a darlas vuelta y a murmurar frases en voz baja. Después miró a las chicas y, como si no pudiera contenerse...

—Hace dos días tuve uno de esos presentimientos raros. Era de noche, yo estaba en la plaza de Schiaffino, hacía frío y me sentía muy cansada. Sentí, así de pronto, que algo malo estaba por pasar. Después me enteré de que esa madrugada habían asaltado el Palais.

—¿Usted estaba *ahí* cuando robaron en el Palais de Glace? —se interesó Adela.

—Sí, pero no lo repitan a ningún adulto. Lo que menos quiero es que me cite a declarar la policía. ¿Puedo... puedo confiar en ustedes? —las miró suplicante, arrepentida de su arrebato anterior.

—Quédese tranquila, Luz. Pero... ¿desde la plaza no vio a alguien sospechoso? —arriesgó Inés.

—¿Cómo podría saberlo? Los ladrones no llevan un cartel en la frente —rió Luz, nerviosa, mezclando con habilidad el mazo de cartas.

—Hay poca gente por la calle a esa hora. ¿No vio pasar a nadie... raro? —insistió Adela.

—¿A lo mejor oyó algún ruido o notó algo que le llamara la atención? —curioseó Inés.

Luz apuntó hacia los naipes con una uña pintada de violeta, y susurró:

—Chicas, no insistan; las cartas hablan, no yo. Si pudiéramos descifrar lo que ocultan los naipes, sabríamos la verdad. Luz debe mantener su boca cerrada o tendrá problemas. ¿Comprenden?

Las chicas no entendían nada. Intrigadas, hubieran querido hacerle más preguntas, pero, de repente, una mujer joven se acercó al improvisado puesto y Luz se apresuró a atender a su primera clienta.

—¿Qué nos habrá querido decir? —le preguntó Inés a Adela cuando se alejaban corriendo detrás de la perra.

—No sé, pero ella estuvo en la plaza la noche del robo. Puede ser que haya visto algo

Los ladridos de Guardiana volvieron a las chicas a la realidad. Esta vez había logrado escaparse y olfatear a conciencia el monumento de Plaza Francia. Ahora escapaba de su dueña y del merecido reto, moviendo la cola en señal de desafío.

—¿Me dejaste el número del celular de Mauro? Justo hoy tu padre se llevó el mío para cambiarle la batería —todavía desacostumbrada al barrio, la madre de Adela se ponía nerviosa cuando su hija salía—. Si tardan mucho, te llamo. ¿Llevás las llaves? ¿Abrigo? Por favor, no...

— ...vuelvan muy tarde —completó Adela, riendo—. No te preocupes, mamá, los padres de Inés le pidieron lo mismo.

Guardiana, con la cola y los ojos caídos, la siguió hasta la puerta emitiendo quejidos de protesta. Cada vez que Adela se ponía la campera y no la llamaba, era señal de que debía quedarse en casa. Cuando fue a despedirse, se echó sobre el felpudo, bostezó y, ofendida, le dio vuelta la cara.

Adela cerró la puerta y bajó corriendo por las escaleras. A pesar de haberse mudado diez días atrás, todavía no había vaciado todos los canastos y temía que su madre se le diera por revisar el cuarto antes de que se fuera. Ni hablar si abría el ropero: un revoltijo de ropa metido de cualquier modo. Su salvación era la fuga.

A las diez, los chicos la esperaban en la puerta del canto-bar de Azcuénaga y Vicente López para festejar el regreso de Mauro.

El lugar estaba tan repleto de jóvenes que no les quedó otro remedio que acomodarse en una mesa para dos, cerca de la barra. La marcha alternaba con cumbias atronando su ritmo por los parlantes; pese a estar apretujados tenían que hablar a los gritos para oírse entre ellos. Mauro copaba la charla contando sus desventuras de la mañana en la Facultad de Derecho.

—...Recién en octubre se abre la inscripción, y primero tengo que pedir la constancia de estudios a Berlín para que me acepten el título acá...

Inés llevaba el compás con sus pies mientras daba un vistazo a su alrededor. Desde una mesa cercana, reconoció a Nico, un chico morocho, carilindo y simpático, que estaba en quinto año de su mismo colegio. Como la observaba con insistencia, le devolvió la mirada y se saludaron con la mano. Después Inés desvió la vista. A la mitad de sus compañeras le gustaba Nico. "Que no se crea que yo también estoy loca por él", pensó risueña. Y, a voz en cuello, atrajo la atención de los demás:

—Chicos, estamos en vacaciones. Hablemos de algo que no sea el estudio.

Aunque no se podía hablar demasiado porque el disc-jockey había subido aún más la música: se largaba la competencia de canto. De todas las mesas llegaban papeles con pedidos de chicos que querían participar... o hacer cantar a otros.

El primero en animarse fue un grandote con gorro de lana negro y camiseta de Boca; desentonado como pocos, arrancó con *Meneadito* de Los Fatales y provocó una catarata de gritos y silbidos de sus amigos.

A partir de ese momento, cada intérprete voluntario o forzado por los demás, afinado o sin oído, era festejado como un ídolo de multitudes. El ambiente se caldeó de risas y algarabía juvenil. Como los varones eran más osados que las chicas, ellas se divertían de lo lindo con los papelones del sexo opuesto. Aunque a más de una después le tocó ser arrastrada por su grupo hasta la pista y participar como solista.

Hasta que un cuarteto de adolescentes irrumpió en el escenario y, abrazados, a los saltos y aturdiendo a través del micrófono entonaron una canción de Los Fabulosos Cadillacs. El bar se venía abajo. Desde las mesas volaban bollos de servilletas y tapitas de gaseosas, algunos se paraban a bailar en sus lugares al ritmo de la música y haciendo ondas con los brazos en alto.

En un momento en que Inés y Adela estaban en el baño, Mauro y Pablo, que se habían puesto de acuerdo, fueron a hablar con el que organizaba los turnos. El hombre se hizo repetir varias veces el pedido, luego asintió y tomó el papel que le extendían.

Minutos después, cuando llegaron las chicas...

El organizador pidió un impasse de silencio, y anunció por el micrófono.

—Hoy un grupo de chicos celebra el regreso de un amigo. Por eso todos vamos a pedirle a una persona que canta *muy* bien, pero que es *muy* tímida, que por favor se acerque a la pista. Un gran aplauso para... ¡Inés Aguilar!

Colorada hasta la raíz del pelo, Inés se hizo un ovillo en la silla.

—¡Yoo nooo... noo me hagan eso! ¡Yo noo canto!

Pero el lugar era puro griterío, aplausos, y el del micrófono insistía. Al final, el boliche entero pidió a los alaridos: "¡Que canteee!".

Empujada por Adela y los chicos, muerta de la vergüenza, ¡tuvo que ir! Las luces la enfocaron y empezaron a oírse los primeros acordes de *Mayonesa* de Los Fatales (el tema pedido por Mauro); Inés, ruborizada y transpirando de los nervios, empezó a cantar... ¡y a equivocarse la letra! El público, entusiasmado, le soplaba estrofas y reía a carcajadas.

De repente, Nico, que no le sacaba los ojos de encima, voló hacia la pista, la tomó de la cintura y empezó a bailar con ella, mientras entonaba: "...Yoo te estaba mirando, desde que llegueeé... me agarró de la cara y a la pista me arrastrooó... Ella me bate como mayonesaa...".

El dúo era un éxito; los coreaba todo el bar. Imparables, siguieron con "En bicho, bicho yo me convertí. Cocodrilo sooy...". ¡No había quién los bajara de la tarima! "Es un genio. Me salvó. Cuando les cuente a mis compañeras...", pensó Inés, fascinada. ¡Nunca se había divertido tanto!

Como pasaba la hora y las dos únicas mozas no daban abasto, Mauro se levantó de la mesa y se acercó al mostrador a buscar unas gaseosas.

Mientras esperaba que se las trajeran, se abrió la puerta del bar y un joven de gorra caminó con paso inestable hasta la barra; con semblante pálido y voz chillona, le pidió al barman una cerveza.

—Lo siento, volvé después de la una. A esta hora, no vendemos bebidas alcohólicas.

El joven masculló un insulto, se dio vuelta con brusquedad dispuesto a irse y... ¡llevó por delante a Mauro que arrancaba con las gaseosas hacia la mesa! Por un momento todo fue confusión; a Mauro se le volcaron los vasos, tras el encontronazo; el otro se fue al suelo, perdió la gorra dejando al descubierto su cabeza pelirroja, y quedó sentado en el piso. Se levantó con el auxilio de un joven, siguió su camino oscilante hacia la puerta de salida, pegó un portazo, y desapareció.

Poco después, el barman se acercó a la mesa de los chicos.

—Creo que cuando chocaste con el que se fue, se te cayó el celular.

Agradecido, Mauro se lo metió en el bolsillo, y se dispuso a seguir disfrutando del espectáculo junto a sus amigos.

Una hora después, cuando los cuatro caminaban por Vicente López rumbo a la casa de Adela, entre carcajadas y comentarios, sonó el aparato.

—Ésa debe ser mamá. ¡Dijo que iba a llamar a tu teléfono si tardábamos! —exclamó Adela, preocupada.

Mauro atendió, pero el teléfono se pobló de ruidos como si tuviera mal la señal o le faltaran baterías.

Esa noche, antes de acostarse, Mauro abrió el cajón de la mesa de luz para dejar el celular y se llevó una sorpresa: su teléfono estaba adentro. Entonces, ¿de quién era ese aparato, idéntico al suyo, que el barman le había entregado? De repente, recordó el encontronazo: el joven que se lo llevaba por delante, se precipitaba al suelo y perdía la gorra. "A lo mejor se le cayó al pelirrojo cuando tropezamos", pensó. Al día siguiente, por la noche, tendría que devolverlo en el canto-bar.

8
El llamado de Moreno

A las nueve de la mañana, el teléfono del departamento no paraba de sonar. La madre de Pablo, que salía para el supermercado, los despertó con unos golpes en la puerta. Era una llamada de Moreno.

—Tengo las fotos de las pinturas y la información que te prometí. ¿Pueden venir ahora? A las diez me tengo que ir a Tribunales —le dijo a Mauro con tono apurado.

La puerta del cuarto de Inés estaba cerrada; del picaporte colgaba uno de sus mensajes: "No molestar. Duermo profundo". Tenía una colección de carteles hechos a mano. Pablo recordó riendo el que decía: "Golpee antes de entrar o podrá *golpearse* antes de salir".

Mauro dudaba con el teléfono en la mano.

—¿Qué hacemos? Anoche Adela también me dijo que pensaba despertarse tarde.

—Dejalas dormir. Les contamos los detalles a la vuelta —respondió Pablo.

Se vistieron a las apuradas y, entre bostezos, fueron hacia el Guido Apart.

Moreno los recibió con su mejor sonrisa. En una mesa había un plato rebosante de medialunas calientes y dos cafés con leche.

—Para mantener el estómago contento mientras trabajamos —dijo. Y desplegó boca arriba en la mesa las fotografías de los cuadros robados.

Mauro y Pablo las observaron en cada detalle con curiosidad. La primera era de un óleo sobre tela de escasas dimensiones donde se veía a una joven de expresión bondadosa, vestida de oscuro con cuello blanco y la cabeza cubierta por un coqueto sombrero en tonos esfumados. Debajo, en una etiqueta adherida, decía: "Retrato de una lady". El segundo óleo, de tamaño similar al anterior, mostraba sobre fondo negro a un anciano de barba blanca, vestido a la usanza antigua, sosteniendo una pipa en la mano derecha, "Anciano de barba, con pipa", se leía debajo.

—Los dos son de la escuela holandesa de mediados del 1600 y se atribuyen a discípulos de Rembrandt. Tienen mucho valor y certificados que los autentican, aunque...

Mauro y Pablo lo miraron interrogantes.

—...mi cliente siempre tuvo otras sospechas... Alguno de los dos podría haber sido pintado, sólo en una buena parte, por el mismo Rembrandt. Sin embargo, los vieron varios expertos y ninguno coincidió con esta suposición.

—¿Y si se equivocaron? ¿No hay otros métodos para averiguar si es auténtico o no? —preguntó Mauro.

—El hecho de que los hayan robado ya significa algo. A lo mejor, el que cometió el delito maneja otra información —apuntó Pablo.

—No es tan fácil. En los últimos años fueron "descertificados" más de ochocientos Rembrandt. ¡Son tantos los óleos que se le atribuyen y que no fueron pintados por él! ¡Y los grabados o dibujos! La cuestión es saber cuántos salieron realmente de su mano y cuántos fueron realizados por sus discípulos. Ha habido casos de obras que fueron compradas en remates, y luego se comprobó que no eran Rembrandt. Por ejemplo, "El filósofo meditando", del museo Louvre de París, luego se confirmó que no era auténtica. Pero mi cliente mantuvo esperanzas, y ahora que le robaron los cuadros, no se consuela.

—¿Estuvieron siempre en su poder? ¿Nunca se los prestó a alguien o los cedió a algún museo para una exposición? —quiso saber Mauro.

—Pierre Brunnet, así se llama el hombre que me contrató, vino al país desde Amsterdan después de la Segunda Guerra, junto con su mujer, y trajo los cuadros de allá, con otras pertenencias. Él tenía un hermano que estaba viviendo en Bariloche con su familia. Durante la travesía en barco, su esposa, que tenía un gran parecido con la lady del retrato, murió. Por eso, él se encariñó tanto con esa pintura. El cuadro del anciano con pipa le recordaba a su padre, de quien lo heredó. Nunca quiso desprenderse de ninguna de las obras y mucho menos venderlas. Es la primera vez que las cede para una muestra.

—Pero los expertos que las vieron, ¿no tuvieron que llevárselas para poder certificarlas? —preguntó Pablo.

—No, siempre las examinaron en su casa de Amsterdan. Salvo una vez, ya estando en Bariloche, su sobrino Gastón, que vive acá y tiene un local de antigüedades en San Telmo, aceptó que las dejara en manos de un experto amigo, para que pudiera revisarlas mejor, así se convencía. Brunnet se las prestó un par de días, pero la pericia no descubrió nada nuevo de lo que ya se sabía.

—Parece raro que se hayan llevado sólo esas pinturas, habiendo tantos cuadros valiosos en el Palais —reflexionó Mauro.

—Ni siquiera saben si fue un ladrón o varios.

A lo mejor fue un robo por encargo. En las películas pasan cosas así —sugirió Pablo.

—¡Cómo me gustaría hablar con el intendente del Palais! Según nos contó el mozo, él estuvo esa noche trabajando hasta tarde en el salón de actos —recordó Mauro

Moreno sonrió. Para el final les tenía preparada una sorpresa; les entregó un sobre y los despidió con estas palabras:

—Acá hay más fotos como las que les mostré, y si me llaman mañana ya les tendré una copia de la declaración de Bruno Castello ante el fiscal. Hice el pedido para que me dejaran fotocopiarla del expediente —y con un guiño cómplice, agregó—: Espero que hagan funcionar esas mentes detectivescas y me traigan ideas nuevas. ¡Las necesito!

Mauro y Pablo se lo prometieron con fervor.

Cuando regresaban, Mauro le comentó a su amigo lo sucedido con el celular, y acordaron ir a devolverlo juntos esa noche.

A la hora del almuerzo, todos reunidos en el comedor diario de la casa de Adela, Mauro y Pablo pusieron a las chicas al corriente de las novedades de Moreno. Las fotografías pasaron de mano en mano.

Guardiana, ávida de los manjares que provenían de la mesa, rondaba inquieta alrededor de los cuatro, con la esperanza de que una mano amiga le arrojara algún bocado. No tuvo suerte, Adela frustró cualquier intento.

—Está con urticaria, tiene que comer sólo una dieta especial que le recomendó la veterinaria —y le ofreció su plato de alimento balanceado.

Guardiana lo miró con asco, a su dueña con reproche y se fue dignamente hacia el lavadero a mordisquear un hueso que había encontrado entre la basura.

De repente, en medio de las distintas opiniones sobre el robo, Inés y Adela intercambiaron una mirada de entendimiento. ¡Se habían olvidado de contarles a los chicos su encuentro con Luz en la plaza!

Inés los puso enseguida al corriente.

—...Y ella nos pidió que no habláramos de esto con ningún adulto —concluyó, tratando de acallar un remordimiento—. Entre nosotros es distinto, ¿no? ¿Qué hacemos? ¿Se lo contamos a Moreno?

—Si ella estuvo ahí y vio a alguien sospechoso, no lo va a decir —intervino Adela—. Tiene miedo de que la interrogue la policía. Aunque creo que necesita confiar en nosotros. Dijo que en

este edificio no la quieren. Pobre, me pareció que se siente muy sola. Hasta Guardiana se dejó acariciar...

—Sí, es evidente que no quiere hablar, y mucho menos con la policía —dijo Mauro.

—¿Será cierto que estuvo ahí? Las adivinas deben ser muy fantasiosas. ¿No te habrá tomado el pelo, hermanita? —Pablo no pudo resistir la oportunidad de cargarla.

Inés saltó como leche hervida.

—¿Qué hablás?, si vos casi no la conocés, y no estabas ahí.

"Siempre se engancha", dijo Pablo tratando de contener la risa. Y le dio una palmadita afectuosa en la espalda para apaciguarla.

Pero los demás estaban de acuerdo con Inés y, si Luz había sido testigo de algo, ésta era la más indicada para sonsacarla.

Esa noche, Inés se quedó a dormir en lo de Adela. Camino al departamento de los Aguilar, los varones se desviaron por Vicente López para devolver el celular.

No pudieron cumplir su propósito: el canto-bar lucía oscuro y con las persianas bajas; en la puerta un cartel anunciaba: "Cerrado por duelo".

—Pobre tipo, debe estar desesperado pensando dónde dejó su teléfono —se compadeció Pablo.

—Ponelo en tu mochila hasta que se lo entreguemos. Tengo uno idéntico y me voy a confundir otra vez.

Pablo estuvo de acuerdo. Habría que esperar.

El día en cuestión me desperté muy nervioso. Me costaba concentrarme en el laburo y hubiera querido quedarme en cama para repasar una y otra vez lo que tenía que hacer, pero no podía faltar a mi trabajo en la empresa porque resultaría sospechoso. A primera hora de la mañana teníamos que entregar unas obras en el MALBA. Fui.

A las cuatro de la tarde, le llevé a mi hermana unos bastidores que me había pedido para el puesto. Se me acababa el tiempo. De repente, me empezó a hacer preguntas sobre lo que iba a hacer a la tarde y a pedirme que la acompañara en una estatua viviente. "La Piedad" era la favorita de los turistas y pagaban bien por verla. Empecé a hablar sin ton ni son y a darle cualquier excusa. Estaba nervioso. "¡No hables pavadas! ¡Vos no querés laburar!", me gritó ella. Levantó tanto la voz, que una mujer que tiraba las cartas se nos quedó mirando con curiosidad. Traté de calmarla, no era bueno que llamáramos tanto la atención; la mujer no nos sacaba los ojos de encima. Al final, llegó mi cuñado y la tranquilizó.

Ella no debía estar al tanto. Cuantos menos supiéramos lo del negocio, mejor. Con el gordo acordamos dónde estaría esperándome la camioneta. Era más seguro esconderme allí hasta el amanecer. Después, al cementerio. El de las erres había asegurado que nadie las encontraría en ese lugar. Se tenía todo absolutamente estudiado. Nada podía fallar.

9

LAS CHICAS INVESTIGAN
EN LA BIBLIOTECA

Al día siguiente, se les presentó un programa inesperado. A Cristian, el primo de Pablo, le habían faltado los dos delanteros de su equipo en pleno campeonato entre clubes. ¡No le podían fallar!

Mauro la llamó a Adela para avisarle que se iban a Pilar y estarían allá durante ese el día.

—Nos lleva el padre de Pablo y nos quedamos a la noche para el asado. Somos sólo pibes... ¿No te importa, mi amor?

Adela aseguró que no, y se sorprendió al comprobar que la idea de pasar un día sin Mauro... la aliviaba. "¿Qué me pasa?, se preguntó, ¿Estuvimos tanto tiempo separados que ahora no me acostumbro a tenerlo todo el día cerca?" Pero, en el fondo, sintió que había algo más.

Después de mirar con Inés las fotos que les había dado Moreno a los chicos, ambas cerraron un trato: el trabajo sobre Rembrandt y arte barroco holandés lo harían juntas.

—No puedo sentarme horas en la Biblioteca Nacional, si no me acompañás. ¡Se me van a acalambrar las piernas! ¿Y qué libros pido?

—¿Tenemos que ir ya?

Adela dudaba mirando a la dóberman que, con la correa en la boca, rascaba la puerta para que la sacaran a pasear. Tuvieron suerte: su madre iba a visitar a una vecina de su antiguo barrio de Palermo y... ¡se llevó consigo a Guardiana!

De lejos, la Biblioteca Nacional con su imponente y moderna estructura lucía solitaria, custodiada por los árboles de la plaza. De cerca, era otra cosa; apenas pasadas las dos de la tarde, un hervidero de estudiantes, en su mayoría universitarios, esperaban los ascensores en la planta baja.

Las chicas subieron directo al quinto piso y fue peor: colas de más de diez chicos ante cada computadora. Otros aguardaban instalados en sillones y butacas hasta que su nombre apareciera en alguno de los televisores, señal de que ya podían retirar los libros pedidos.

—Tengo una idea mejor. ¿Por qué no subimos por la rampa hasta el sexto? Ahí también tienen computadoras y siempre hay menos gente —dijo Adela, que desde antes de mudarse, solía ir seguido a la biblioteca.

Inés no llegó a contestarle: en una de las colas alcanzó a ver el perfil de Nico, su pareja en el canto-bar.

Sorda ante la insistencia de su amiga, enfiló directo hacia él. Adela la siguió sorprendida, aunque no demoró mucho en darse cuenta de la intención de Inés. Enseguida vio a la pareja saludarse y aprovechar la espera para iniciar una animada charla.

—Lo que menos me imaginaba era encontrarte acá —dijo Nico, con un brillo de alegría en sus ojos oscuros.

—Tengo que hacer un trabajo para el colegio. ¿Y vos?

—Vine a tomar unos apuntes para un amigo; se llevó Geografía previa y cayó en cama con gripe.

Luego empezaron a reírse mientras se acordaban de su experiencia como dúo en el canto-bar.

—¡Deberíamos repetirlo! Causamos sensación —se entusiasmó él.

—En realidad, estoy tratando de aprender a tocar la guitarra. Bajo canciones de Internet... practico de oído, pero como cantante soy malísima.

—¡Nada que ver! Mirá, yo estudio con un profesor desde hace años, y ahora me largué a dar clases de guitarra. Si querés...

—Y sí... podríamos arreglar —aceptó cautelosa Inés.

Adela los miraba divertida. "¡Qué suerte! Por fin encontró alguien que le gusta, así se olvida de Fernando", pensó.

Más tarde, instaladas en las mesas, con libros y enciclopedias sobre pintura, trabajaron en silencio leyendo los capítulos más interesantes, fotocopiaron algunas páginas, sobre todo aquéllas donde estaban los cuadros, y tomaron notas en sus cuadernos.

Adela pronto se sintió atrapada por la biografía del artista, las diferentes técnicas que había utilizado en sus obras y la cantidad de dibujos, grabados y óleos que había llevado a cabo. En las distintas enciclopedias de arte universal, encontró párrafos ideales y hasta un resumen sobre la vida y obra del pintor.

REMBRANDT, UN ARTISTA GENIAL

Rembrandt Harmenszoon van Rijn es considerado como uno de los más grandes pintores y grabadores del arte occidental. Nació en Leiden, Holanda, el quince de julio de 1606, en el seno de una familia numerosa; su padre era molinero y su madre, hija de un panadero, pero ambos se esmeraron por brindarle una buena educación. Tras un año en la universidad de su ciudad natal, decidió que su vocación era la pintura, y eligió entrar como aprendiz de un pintor local. Recién en 1624, fue aceptado como discípulo de Pieter Lastman, un pintor muy importante de Amsterdam. En 1631 se estableció allí y conoció a la que sería su esposa en 1634: Saskia van Uylenburgh, prima de un importante marchante de arte.

Durante algunos años, Rembrandt fue el retratista de moda y llegó a ganar mucho dinero, pero su vida de despilfarro y sus abundantes gastos lo llevaron a la quiebra en 1656. Sin embargo, sus capacidades artísticas nunca disminuyeron.

Entre sus trabajos hay temas bíblicos como "El cegamiento de Sansón" (1636), paisajes como "El valle de un río con ruinas", retratos de gente común como "Retrato de Nicolaes Ruts (1631) o "Retrato de marido y mujer" (1633) y cerca de sesenta autorretratos; el artista experimentaba sentado ante un espejo, registrando sus expresiones faciales para luego utilizarlas en los personajes de sus pinturas de mayor tamaño; también le servían para estudiar el juego de las luces sobre los rostros. Fue un maestro del claroscuro; su obra se caracteriza por un uso original de la luz y por su capacidad de

captar la esencia humana. "La lección de anato-
mía del doctor Tulp" (1632), y la más conocida co-
mo "Ronda de noche" (1642), entre otras, son
ejemplos de la genialidad del artista.

Además de pintor, Rembrandt fue tam-
bién un excelente dibujante y un grabador genial
que dejó más de cuatrocientos grabados. Su produc-
ción fue abundante y en su taller tuvo numerosos
alumnos. Murió el cuatro de octubre de 1669.

En la otra punta de la mesa, Inés, que cada tanto espiaba de reojo a Nico (él tampoco le sacaba los ojos de encima), se dejó seducir por los
aspectos más románticos de la vida de Rembrandt
y su esposa Saskia van Uylenburgh. Conmovida,
leía con especial atención los párrafos que narra-
ban la vida amorosa de la pareja.

...Saskia y Rembrandt se casaron en
1634, ambos eran muy jóvenes y estaban profun-
damente enamorados. Ella fue su musa inspiradora;
le gustaba disfrazarse, ponerse sombreros elegantes,
vestidos de distintos colores, alhajas y pendientes.
Quería escapar de la tristeza de la ropa burguesa
de la época, siempre negra y blanca. Entusiasma-
do, él le proponía: "Vamos a elegirte ropa de teatro

y te pintaré con ella". Saskia era alegre, se ponía flores en los trajes, en el pelo; amaba la naturaleza. Por eso, él quiso pintarla como Flora, al ver en su amada la encarnación de la primavera.

(...) Sin embargo, la tragedia persiguió a la pareja durante años; ambos ansiaban tener hijos pero todos morían al nacer o poco después. Saskia empezó a perder vitalidad, a volverse triste y melancólica, hasta que nació Titus. El hijo vivió rodeado de amor y cuidados, pero Saskia, agotada por los sufrimientos anteriores, debilitada físicamente, enfermó de tuberculosis y murió dos años después. Con su muerte, Rembrandt perdió la juventud.

Inés suspiró profundo. "Algunos genios tienen vidas muy tristes, y son desgraciados en el amor", pensó conmovida.

Una voz alegre la volvió a la realidad: era Nico, que venía a despedirse.

—Esta semana me voy de vacaciones con mis padres a Mendoza. Pero cuando vuelva... te llamo y arreglamos el tema de las clases. ¿Querés?

Inés trató de disimular su alegría. ¡*Obvio* que quería! Él no tardó nada en pedirle su teléfono y el e-mail.

La paliza futbolística fue fenomenal; el equipo de Pilar, donde jugaban los chicos, perdió dos a cero porque el arquero era una fiera que no les dejó meter un solo gol.

Esa noche, Pablo cayó rendido en la cama y se durmió al instante. Mauro, tras llamar sin éxito a Adela, atendió la madre y le explicó que se estaba bañando, se consoló repasando sus notas, las fotos de los cuadros y recordando los detalles del robo que les había dado Moreno. A las doce, lo venció el cansancio, y tuvo uno de sus sueños raros.

Mauro y Guardiana perseguían a alguien por una plaza. El hombre, vestido de negro, se escabullía en el cementerio y se perdía entre las bóvedas. Cuando Mauro y la dóberman ya le pisaban los talones, el cuadro de un anciano cobraba vida, y los apresaba frente a una lápida.

—Métanlos en un cajón y entiérrenlos con mi lady —les ordenaba a dos fantasmas.

—*Nooo, no estamos muertos* —*gritaba Mauro, desesperado, mientras Guardiana no paraba de aullar enloquecida.*

Sin hacerles caso, los espectros avanzaban implacables hacia ellos.

Mauro se despertó a la madrugada, bañado en transpiración. Por un momento el corazón se le detuvo: las cortinas de voile flameaban a su alrededor. De pronto, recordó dónde estaba y que había dejado la ventana abierta a causa de la excesiva calefacción. Completamente desvelado, prendió la luz, abrió su libreta de notas y empezó a escribir:

ROBO EN EL PALAIS DE GLACE

DATOS Y PISTAS

1. *El ladrón forzó una ventana de la planta baja y partió llevándose las pinturas de Brunnet: "Retrato de una lady", y "Retrato de un anciano con barba y pipa". Ninguna otra obra de arte fue robada del Palais.*

2. *Los óleos pertenecen a un modesto discípulo de Rembrandt y son del 1600. Sin embargo, su propietario siempre tuvo la esperanza de que hubieran sido pintados por el maestro.*

3. *Las pinturas fueron revisadas varias veces, incluso por un experto amigo, pero no se descubrió nada nuevo.*

4. *¿Se robaron sólo esos cuadros porque ocultan algún misterio?*

5. *¿Fue una obra por encargo, una venganza?*

TAREAS A REALIZAR

1. *Comparar las fotos de los cuadros con otros del pintor holandés para sacar algunas conclusiones.*

2. *Apenas Moreno me entregue la declaración de Bruno Castello, el intendente del Palais, leerla y analizarla.*

3. *Hacer una visita a la compañía aseguradora, y a quienes transportaron las obras.*

4. *Averiguar si Luz, la adivina, vio algo sospechoso aquella noche en la plaza.*

5. *Entrevistar a Hilda, la encargada de Relaciones Públicas del Palais.*

Sherlock terminó de llenar la página con las notas de la investigación y, con la conciencia tranquila por el deber cumplido, se quedó profundamente dormido. Esta vez no soñó.

Después de comer unos suculentos ravioles que les había dejado preparados la madre de

Pablo antes de salir para su trabajo, y con el último bocado del flan con dulce de leche, los chicos resolvieron dar una vuelta por la Feria de Artesanías cercana a la Iglesia del Pilar.

—Podríamos pasar por el Palais y, con el mismo pretexto del trabajo para el colegio, hablar con Hilda y tratar de sacarle información sobre la noche del robo —propuso Pablo.

—¡No va a ser nada fácil! —exclamó Mauro—. No sabés cómo me trató la primera vez que la vi. "Pedí una entrevista. Volvé otro día", me dijo. Es una arpía.

—¡No exageres! Vos fuiste en un mal momento —dijo Adela, algo seca.

—Por ahí es más simpática con las mujeres —concluyó Inés.

—Buena idea, hermanita. Les vamos a encargar esa tarea a ustedes.

—¡Siempre nos dan los trabajos más aburridos! Yo primero quiero visitar la Feria, necesito unos aros nuevos, una pulsera, un pañuelo y...

No tuvo que insistir mucho. ¡Todos querían ir primero a la Feria!

Por el camino, Guardiana no paró de ladrar a cuanto transeúnte con perro se le cruzara por delante. Estaba –literalmente– desatada... Adela siempre se quedaba atrás, porque cuando a

Guardiana no se le daba por regar los árboles y canteros, insistía en homenajear de igual modo a los monumentos históricos.

La Feria era una fiesta de color y animación, había puestos de todo tipo y para todos los gustos. Desde venta de pañuelos, chales tramados y artesanías indígenas, objetos de platería cincelados a mano, mates, bijouterie, juguetes, remeras y túnicas, relojes armados en tallas de madera y cuadros, hasta venta de láminas y libros usados.

Mientras Inés se probaba pañuelos, pulseras, cadenas y admiraba los aros de cuentas en el puesto de una pareja joven con un bebé en brazos, Mauro le propuso a Adela que lo acompañara a elegir un mate con incrustaciones de plata.

—Quiero regalarles uno a los padres de Pablo. Fueron tan amables en invitarme. Los Aguilar te tratan como... —Mauro iba decir "un hijo", pero se interrumpió intimidado. Siempre había añorado tener una familia como la de sus amigos. Él se había criado solo, extrañando a sus padres, con unos tíos muy severos y sin hermanos. Walter, su tutor, lo quería como a un hijo, pero al vivir Mauro en Berlín, se veían poco. "Por suerte ahora me quedo a estudiar en Buenos Aires", pensó más animado.

Adela vio pasar esa sombra de melancolía, tan conocida, por los ojos de Mauro y, enternecida, se apresuró a decir.

—Te ayudo a elegir el mate y, de paso, busco uno para papá. Ayer se le rajó el único que tenía. Para mamá y él, matear los fines de semana es un rito sagrado —bromeó para alegrarlo.

—Si no les importa, yo voy a sentarme un rato en un banco a leer —intervino Pablo, cansado de cargar al hombro la mochila con su libro—. Tengo una duda con el capítulo cuatro: "Haga usted su propia cerradura con llave". Acabo de ver un cofre de madera excelente, pero sin cerradura.

Inés volvió entusiasmadísima de un puesto cercano. Se había comprado un pañuelo y lo llevaba en la cabeza como una gitana; del cuello colgaba una cadena plateada con una gran piedra azul, y varios anillos hacían juego en distintos dedos de la mano.

—¿Les gusta las cosas que compré? ¿No estoy a la moda?

—Son muy lindas, pero no te las pongas todas juntas —aconsejó diplomático Mauro.

—Para carnaval, vas a estar bárbara —la cargó Pablo.

—Veo que el genio trajo su libraco de paseo. ¿Con o sin correa? —se burló Inés.

—¡No seas mala! —la retó, tentada, Adela.

—¿Querés dejarme a Guardiana? Puedo soltarla en el pasto y cuidarla mientras leo —ofreció Pablo, agradecido por la defensa de Adela.

Al oír su nombre, la perra empezó a correr en círculos alrededor de la dueña; de a ratos, se paraba, la miraba desafiante y volvía a correr.

—Gracias, Pablo. Llevátela, así vamos a elegir los mates. La pobre le ladra a cada persona que ve. Desde que vivimos en el departamento, le sobran energías. No la pierdas de vista.

Por la mente de los cuatro pasó como ráfaga la imagen de Gatto y sus secuaces, los secuestradores de perros que un año atrás se habían apoderado de Guardiana en Palermo Viejo.

Mientras Mauro y las chicas partían hacia la senda más cercana a la avenida donde se encontraban otros puestos de artesanías, Pablo cargó la mochila con su libro y se fue trotando detrás de Guardiana hacia la plazoleta de la Iglesia del Pilar.

Una hora después, cuando los tres comían garrapiñada sentados en el pasto, Inés empezó a dar muestras de impaciencia. "Mauro se la pasa hablándole al oído a Adela, para que no me entere de lo que le dice. Ella odia hacer apartes, pero igual yo me siento de más". Por su cabeza pasó la imagen de Nico: "Lástima que se haya ido a Mendoza.

Cuando vuelva...". Y entonces se reprochó a sí misma: "Vamos, Inés, no te pongas celosa. Vos también tenés a alguien que te gusta". Desde que había cortado con Fernando, no se fijaba en otro chico. El recuerdo del carilindo de quinto año bastó para ponerla de buen humor. Comprensiva, se volvió hacia la pareja:

—Chicos, ¿no les importa si vuelvo a casa? Ya me compré todo. Estoy un poco cansada. Me voy a tocar la guitarra y a chequear mis e-mails.

—¡Claro, por nosotros no te preocupes! —saltó Mauro, pasando el brazo por sobre los hombros de Adela.

—¡En un rato te alcanzamos! —exclamó Adela dirigiendo una mirada de reproche a Mauro.

—Por las dudas no nos esperes. Y si vez a Luz, hablá con ella. Vos sos su amiga, te puede decir algo —se entusiasmó Mauro.

—¡A la orden, Sherlock! Gracias por la confianza —saltó Inés, con ironía. Y no pudo resistir la tentación de pincharlo un poco—: Y vos, acordate de que hoy tenías que verlo a Moreno.

Dejando a Mauro con la inquietud, se despidió y se fue.

—¡Ya son las cinco! Moreno dejó dicho en el apart que llegaba a las cinco y media. ¿Y si pasamos?

Quizá ya tenga el sobre con la información que me prometió —recordó Mauro, mientras echaba un vistazo a su reloj.

—Andá vos, yo sin Guardiana no me vuelvo. Voy a esperar hasta que Pablo la traiga —comentó Adela—. Está lindo acá al solcito.

—Todavía tengo media hora —Mauro se acomodó al lado de ella—. Este robo me tiene muy preocupado. ¿Sabés? Anoche hasta soñé con el caso. Todavía no tengo ninguna pista. ¿Será una mala señal?

—Es una mala señal sentirse infalible de entrada, Mauro. Tomate un tiempo para pensar otras posibilidades —aseguró Adela, reflexiva.

—¿Cómo cuáles? —preguntó él, molesto por la velada crítica.

—No sé. Para mí, hay algo raro con las pinturas. No me cierra eso de que las hayan robado justo cuando habían sido cedidas para la exposición. Como si hubiera sido un robo por encargo.

—Es lo mismo que pensé yo. Un encargo. Pero, ¿de quién?

—Otra cosa que no sabemos es cómo y cuándo entró el ladrón. A la noche hay dos custodios, según el mozo. Hilda es una de las primeras en llegar y de las últimas en irse. Todos pueden ser sospechosos: ella, el mozo, el intendente...

—Tengo que hablar con Moreno. Necesito saber quién es el asegurador de las pinturas, y también pasar por el Palais para pedir la entrevista con Hilda... para ustedes. ¡Vamos, acompañame! —pidió Mauro, enérgico, amagando levantarse.

—¿Y si vas solo? Ya te dije que prefiero esperar a Pablo y a Guardiana. Me preocupa que tarden tanto —contestó Adela, algo fastidiada por el tono de Mauro.

—¿Ésa es la verdadera razón? —inquirió él fastidiado—. ¿Preferís quedarte sola, en lugar de venir conmigo? —y agregó—: Ayer a la noche, cuando te llamé y no atendiste porque te estabas bañando, pensé que me llamarías después.

—Se me hizo tarde. No quería molestar en lo de Pablo a esa hora.

—No sé, estás... rara conmigo. Recién te abracé y no me quisiste dar un beso.

—Porque estaba Inés. Ya sabés que no me gusta hacer apartes.

—Te importa más lo que piense tu amiga que...

—¡No puedo creer que tengas celos de ella! También te molesta que me ocupe de Guardiana. A veces sos demasiado posesivo, Mauro. Y no pedís las cosas, mandás. Como recién. No me ahogues.

—Es que... tu actitud fría me pone de mal humor. Te tengo al lado y es como si estuvieras a mil leguas de distancia. Si no hubiera sido por el recibimiento que me diste al llegar,...

—¡Ya me conocés! No soy tan demostrativa como vos —lo interrumpió ella. Pero estoy acá, ¿no? Eso ya quiere decir algo.

—¡Ah! ¡Qué comentario tan... convincente! Me voy solo. Chau.

Ofendido, Mauro se paró de un salto, y se fue dando grandes zancadas.

Tras un rato de silenciosa lectura, Pablo partió con Guardiana a dar una recorrida por la zona de la Feria lindante con el cementerio. En una callejuela estrecha de la plaza, distintos artistas exponían sus acuarelas, dibujos y hasta óleos con réplicas de paisajes del Tigre, San Telmo, La Boca, reproducciones del Cabildo, el Obelisco, otros monumentos históricos y hasta escenas de tango. Por ser sábado, visitantes locales y turistas se disputaban la atención de los pintores. Pablo soltó a Guardiana y la siguió de cerca en medio del gentío.

La dóberman empezó a pasearse a sus anchas por las sendas de la plaza deteniéndose a curiosear en los puestos como una visitante más. Un anciano vestido de gaucho que tocaba la guitarra y cantaba melodías folclóricas atrajo su atención. Guardiana examinó sus botas y metió el hocico dentro de la gorra raída, donde el músico juntaba las monedas. Lejos de molestarse, el payador le dedicó su próxima zamba. Desagradecida, la dóberman, trotó feliz en dirección opuesta, al descubrir un galán de su misma raza. El anciano finalizó su número entre los aplausos de los paseantes. Pablo, conmovido por los acordes de *Zamba de mi esperanza* –que había cantado decenas de veces en la primaria– le dejó unas monedas, y salió corriendo detrás de la perra.

Guardiana y un dóberman marrón se olfateaban de cabo a rabo junto a un cantero. Tras un primer reconocimiento exitoso, empezaron a entreverar las patas y a mordisquearse amistosamente los hocicos. El dueño del perro, un chico de pelo oscuro y revuelto, los observaba divertido, con la correa en la mano. "Tienen para rato", pensó Pablo, y se puso a admirar unas esculturas de ángeles, esculpidas en yeso, que exponía un artista fornido de gruesas cejas negras. En distintos bastidores había acuarelas de paisajes campestres, valles y montañas.

—Hago copias de cuadros famosos: Picasso, Dalí, Renoir, y retratos de clientes a pedido —explicó al ver el interés de Pablo—. ¡Porque el arte también imita a la realidad! ¿No te parece?

—Claro —asintió Pablo de compromiso.

—Pibe, no te pierdas la estatua viviente que hace mi compañera —explicó el fornido artista. Y señaló a una joven vestida y maquillada de blanco que imitaba la figura de un ángel. —Hay muchas por toda la plaza, pero la de Erika es la mejor —proclamó el hombre en voz alta.

—Seguro, parece de verdad —ponderó Pablo.

Por toda respuesta, la joven cobró vida y le hizo una reverencia en señal de agradecimiento.

Guardiana y el dóberman ya sufrían el dolor de la separación. El dueño había sujetado a su perro de la correa y se lo llevaba hacia el Centro Cultural Recoleta. Pablo corrió a rescatar a Guardiana que parecía empeñada en seguir a su galán y, a fin de evitar nuevos riesgos –en la vereda circulaban otros posibles pretendientes de diferentes razas–, le puso la correa.

Harto de tropezarse con turistas y paseantes, Pablo decidió caminar por la senda menos transitada de la plaza; Guardiana, en desacuerdo, lo arrastró en línea recta hacia otros artesanos. De repente, oyó que lo chistaban. Instalada en el pasto, tras una improvisada mesa, Luz manipulaba un mazo de cartas.

—¡Te digo la suerte y te ilumino la mente! —anunció la mujer de ojos saltones que llevaba un colorido chal sobre los hombros—. ¿Quieres conocer tu futuro, muchacho?

Pablo tuvo una brillante idea. Ella había

estado en la plaza la noche del robo en el Palais de Glace, ¿no era la oportunidad perfecta para interrogar con disimulo a una posible testigo?

—Me gustaría. Si es que no cobra mucho... —tanteó, dispuesto a sacrificar unos pesos con tal de sentarse en la banqueta que ella le ofrecía.

Sin embargo, no tuvo tiempo. Un individuo alto, trajeado y engominado se interpuso, lo empujó y se apropió del asiento. Pablo tuvo que sujetar fuerte a Guardiana para que no se le fuera encima al intruso. Luz, no menos asombrada por el repentino avance, también protestó:

—El chico estaba primero.

—Yo vine ayer, ¿no me recuerda?

Luz miró al desconocido con los ojos a punto de salirse de las órbitas.

—Sí... le dije que no volviera —añadió bajando la voz.

—¿Prefiere que conversemos en otro lado?

Entonces vio que Pablo seguía allí, escuchando, mientras sostenía a Guardiana que gruñía amenazadora hacia sus tobillos.

—¿Podrías venir más tarde, pibe? —le preguntó con forzada amabilidad—. Me gusta que me tiren las cartas en privado.

—¿Usted quiere que vuelva después? —preguntó Pablo a Luz, ignorando al desconocido.

—Sí... va a ser mejor —balbuceó ella. Y luego agregó con acento más firme—: Aunque no creo que el señor demore mucho.

—Espero acá, entonces, no estoy apurado—. Pablo se sentó en el pasto a unos dos metros manteniendo a Guardiana sujeta por la correa, pero lo suficientemente cerca de los tobillos del desconocido.

Luz tiró las cartas sobre la improvisada mesa y empezó a hablar con el hombre en voz tan baja que Pablo no pudo oír ni una sola palabra de lo que decían. Sobre el final se desató una discusión y los dos levantaron el tono.

—No insista con eso. Yo no sé nada. Por favor, ¡váyase!

—Por si se le refresca la memoria, acá le dejo mi tarjeta —insistió el hombre con sonrisa torva. Se levantó de la banqueta, y se fue.

Pablo saltó como resorte y tomó posesión de la silla vacía. Quería interrogarla. ¡Lo carcomía la curiosidad!

—Ese hombre me puso nerviosa —comentó Luz. De pronto miró a Pablo como si acabara de descubrirlo—: ¡Pero, si vos y tu hermana son mis vecinos! ¡Ya me pareció reconocer a la perra!

En respuesta, Guardiana ladró y le movió la cola.

—Parece que ella también la reconoció a usted —la halagó Pablo.

Al apoyar su mochila en la mesa, vio la tarjeta que el hombre había dejado, y no pudo evitar leer las letras impresas: "Máximo Robbotti. Triunfal Comp....".

—Perdoname, pero no puedo atenderte ahora. Vení otro día... cuando quieras —balbuceó Luz visiblemente alterada.

Una sinfonía de ladridos distrajo a Pablo de su desilusión, la correa se le escapó de las manos y cuando quiso acordarse, Guardiana había huido.

La perra cruzó la plaza corriendo detrás del dóberman marrón también fugitivo. Pablo la perseguía, pero Guardiana le llevaba demasiada ventaja; sudó la gota gorda tratando de alcanzarla hasta que la vio entrar como ráfaga en el Centro Cultural Recoleta. Se detuvo a tomar aliento. De repente, el pelirrojo del canto-bar pasó delante de sus narices. Decidido a matar dos pájaros de un tiro: recuperar a la dóberman y avisarle al otro que tenían su teléfono celular, entró en la exposición.

Ignorando las escaleras, fue directo hacia el patio interno, seguro de que encontraría a Guardiana trenzada con su galán o husmeando entre los árboles y las plantas de las inmediaciones.

Pasó unos minutos dando vueltas por el lugar, hasta que le pareció oír un ladrido ahogado y un movimiento de plantas en los límites del terreno con el predio vecino. Se encaminó hacia allí.

Una reja separaba el patio del Centro Cultural Recoleta del predio que pertenece al Buenos Aires Design. El espacio entre ambos era terreno de nadie; arbustos y plantas crecían en total desprolijidad, y una gran cantidad de papeles, botellas de plástico y desperdicios diseminados por el pasto daban idea de un lugar frecuentado por desaprensivos paseantes. Pablo encontró a Guardiana olfateando entre el basural.

Al verlo, la dóberman movió la cola en señal de bienvenida. Disimulando sus verdaderas intenciones, Pablo se acercó a ella sigiloso sin dejar de hablarle con afecto. La tomó desprevenida y, antes de que pudiera huir, le prendió la correa del collar.

"Te atrapé. Ahora no te me escapás más", pensó. Se disponía a buscar al pelirrojo cuando a través de la reja oyó voces y el inconfundible rumor de una discusión. Se asomó y lo vio hablando con un individuo corpulento, de barba y bigotes, con anteojos y ropa oscuros.

Pablo se quedó inmóvil donde estaba; retenía a Guardiana contra su cuerpo para que no husmeara más entre los desperdicios.

Sorprendido, a través de la reja oyó retazos de una extraña conversación.

—...¿Qué quierres ahorra? —preguntó una voz que arrastraba las erres.

—...Porque con esto yo no hago nada. Usted me...

—...cuando rrecuperre los cuadrros y....

—...museo... algo... mal...

—...¿qué mujer...?

—...tuvo... reconocerme. ¿La plata...

—...venda la mercadería... Canadá... el rresto del dinero...

Pablo respiraba excitado. "Para mí están metidos en algo raro. ¿Será posible que...?"; la sospecha lo sacudió como una corriente eléctrica. Aunque podía ser una casualidad. Ante la duda, no se animaba a abordar al pelirrojo. Imprevistamente, Guardiana vio pasar al dóberman marrón por la plaza vecina y empezó a ladrar.

Del otro lado, se produjo un silencio, seguido de voces.

—¿Qué fue eso? —preguntó el pelirrojo.

—Hay un perrro detrrás de la reja —cuchicheó el barbudo—. Yo me quedo de este lado, tú anda a verr si hay alguien y trrráelo.

El pelirrojo empezó a trepar como mono por los barrotes. Con el corazón a los saltos, Pablo

arrastró a Guardiana y ambos se escabulleron entre los matorrales que comunicaban el patio del Centro Cultural con la Plaza Intendente Alvear. En su carrera esquivó las ramas y plantas que formaban el cerco divisorio sin importarle los arañazos en la cara y en los brazos. Su objetivo era escapar antes de ser reconocido por el pelirrojo. Pero el otro también era rápido. Pablo sentía los pasos agitados a punto de alcanzar los suyos. Guardiana, excitada con la persecución y ardiendo en deseos de enfrentar al enemigo, gruñía, ladraba y se empacaba. ¡Costaba un triunfo arrastrarla!

Al frente ya se divisaba la avenida Pueyrredón, cuando el pelirrojo empezó a quedarse atrás. Pablo sintió un calambre en la pierna y, para su alivio, vio un patrullero detenido a escasos metros. Eso bastaría para disuadir al perseguidor. Un vistazo a sus espaldas le confirmó lo que suponía: el pelirrojo se había esfumado. Incapaz de soportar más, se dejó caer en el pasto cerca del patrullero; respiró profundo, se frotó la pantorrilla y trató de serenarse. Guardiana siguió ladrándole hasta a su propia sombra.

Pablo recuperaba fuerzas y su pierna reaccionaba, cuando advirtió que le faltaba algo. ¡No tenía la mochila con sus herramientas y su libro de cerrajería! ¡En la primera página figuraban su nombre y su dirección! ¿Dónde y cuándo se le habrían caído? ¿Estarían ya en poder del pelirrojo y del otro hombre? Por un momento pensó en notificar a la policía, pero el patrullero había desaparecido.

En ese preciso momento, Pablo sintió el contacto de unas manos sobre sus hombros.

LA DECLARACIÓN
DE BRUNO CASTELLO

Al cruzar la avenida Alvear, a Mauro ya se le había pasado la bronca y empezaba a arrepentirse de su intempestiva reacción. "Acabo de llegar y quiero imponerle cosas. Tengo que controlarme más, respetar su independencia; Adela siempre tuvo carácter fuerte, por eso chocamos", pensó. Recobrado el optimismo, se dirigió con paso rápido en pos de sus objetivos.

El Palais de Glace estaba cerrado, y Moreno no había vuelto al Guido Apart. Sin embargo, no todo eran malas noticias, el ex comisario había dejado un sobre para él en recepción. Mauro no pudo aguantar la curiosidad y se instaló en el bar —con una gaseosa y una porción de torta de chocolate— a echarle un vistazo: era la declaración de Bruno Castello. Resultaba emocionante ser el primero del grupo en leerla y sacar conclusiones.

Terminada la lectura del interrogatorio, Mauro supo adónde tenía que ir. ¿Lo aprobaría Moreno? "Lo sabré después, cuando se lo cuente", se dijo. Con el último trago de gaseosa, abandonó el apart.

Días atrás, mientras el intendente declaraba en la fiscalía...

Bruno Castello se retorcía las manos transpiradas ante la mirada escrutadora del fiscal. Justo esa noche, él había estado trabajando hasta tarde en el salón de actos para la muestra del día siguiente. El ladrón le había pasado cerca, y él no lo había visto.

—Como le dije a la policía, el Palais tiene dos agentes de vigilancia durante las veinticuatro horas, pero no hay cámaras todavía. La semana que viene se iba a cambiar todo el sistema de seguridad. Ahora, los de la guardia nocturna llegan a las ocho más o menos.

—¿Fue normal el recambio de guardia la noche del robo?

—Como siempre. Los dos agentes llegaron a horario. Mire, en treinta años que vivo y trabajo allí, nunca había pasado algo parecido. Es un verdadero misterio, no me lo explico —Bruno se sintió desanimado. ¿Le creería el fiscal?

—Cuénteme todo lo que recuerde de ese día.

—Después que se fue el personal que recibe las obras y las clasifica, yo bajé a hacer mi recorrida diaria. No es trabajo simple porque el subsuelo ocupa la misma superficie que la planta alta, como unos mil seiscientos metros cuadrados, y los fondos están muy poco iluminados. Por eso también es difícil controlar todo desde la entrada. Aunque le parezca mentira, siempre uso un sol de noche porque ilumina mejor todos los rincones, pero justo me había quedado sin gas, así que usé una linterna.

—¿No notó algún detalle que le llamara la atención cuando hizo su recorrida?

—No. En un momento oí un ruido, pero resultó ser mi gato que me había seguido. A veces dejo la puerta mal cerrada de mi casa, y Fritz se me viene atrás. Bueno, como le decía, hice la recorrida y vi que estaba todo en orden, así que cerré la puerta del sótano, y me fui hacia el salón de actos, donde me estaban esperando los muchachos. No conecté las alarmas porque íbamos a trabajar hasta tarde y a veces alguna se dispara sola. Igual, la bóveda donde se guarda el patrimonio del Palais tiene barrotes y permanece siempre cerrada, día y noche, con llave.

No bien terminamos en el salón de actos, y se retiraron todos, como a las tres de la mañana, conecté las alarmas y me fui a dormir.

—¿Cómo fue la vigilancia esa noche?

—Que yo sepa, normal. Mientras estuve trabajando, los guardias se turnaron para recorrer los distintos pisos, como siempre. Ah, uno vino un rato a tomar mate con nosotros, a eso de la una, y el otro se dio una vuelta como a las dos. Pero habrán estado sólo un rato.

—¿Usted puede oír desde el salón de actos lo que ocurre en el sector de la planta baja donde fue forzada la ventana?

—No, desgraciadamente queda en la otra punta.

—¿Cuándo y cómo se dio cuenta de que se había cometido un robo?

—Al día siguiente, apenas abrí la puerta del subsuelo. Encontré el pasillo principal distinto de cómo yo lo había visto al cerrar. Una caja de embalaje estaba abierta, la estatua de un gladiador en el suelo y rota en pedazos, como si se la hubieran llevado por delante. Después descubrí que habían forzado la ventana del primer piso. Llamé enseguida a la policía. Pero hasta que no llegaron los de administración y la señora Hilda, y bajaron al sótano, no se supo qué pinturas habían robado. Resultó que eran de un coleccionista privado.

—¿Y qué hay de las otras personas que trabajan en el museo: la mujer que limpia los baños, el mozo del bar? ¿Le llamó la atención algo en su comportamiento al día siguiente, o durante los días previos?

—La empleada de los sanitarios está en el Palais desde hace treinta años y es de total confianza. Además, hacía tres días que faltaba porque sufre de asma. El mozo también es conocido desde hace años, se fue temprano y al día siguiente llegó como a las nueve. Los dos guardias de seguridad cumplen su turno nocturno y después custodian camiones de caudales. Ninguno tiene contacto con el movimiento de obras de arte, ni saben qué se guarda en el sótano. Son gente de confianza.

—¿La señora Hilda está al tanto de los cuadros que entran en el museo?

—Sí, ella está al tanto de todo. Pero no hablamos mucho; si puedo evitarla, la evito.

—¿Están enemistados?

—No, pero es una persona de mal genio. Yo cumplo órdenes del director, no de ella. Ahora cree que esos cuadros pudieron haber sido robados a la tarde, y que el ladrón entró y salió mezclado entre el público. Dice que esas cosas que encontré tiradas no significan nada, que pudo ser un olvido mío, que esa ventana cierra mal desde hace tiempo y debería haber sido arreglada. ¡Por poco no me echa la culpa de todo, y de no haber revisado bien el subsuelo esa noche!

—¿Y usted considera que tiene razón?

—No, no la tiene, porque justo esa misma tarde, un rato antes de cerrar, yo estuve en el sótano con un agente de seguros.

—Cuénteme en detalle esa visita.

—El hombre quería ver unas pinturas que habían llegado a último momento y estaban todavía embaladas en el sótano. No me dijo qué cuadros eran, pero me dio el número del ticket de recepción y bajamos juntos para tratar de ubicarlos. Después resultó que no traía una autorización del dueño, así que no se los pude mostrar. En ese momento revisé a fondo el lugar y estaba todo en orden. Cuando discutí esto con la señora Hilda, me dijo que no tendría que haberlo dejado entrar en el subsuelo sin ver primero su autorización. El hombre parecía serio, y hasta me dejó su tarjeta, por si algún expositor del Palais necesitaba sus servicios. Aquí la tengo, doctor.

El intendente metió la mano al bolsillo, sacó un pedazo de cartulina arrugado y se lo extendió al fiscal. En su declaración quedó asentado el nombre y la dirección de Máximo Robbotti. Triunfal Compañía de Seguros, Suipacha 880, 5to. piso. El hombre miró compungido al fiscal:

—Espero que me crea. Yo le dije la verdad.

—Usted fue citado como testigo, no como impu-
tado. Deje que la investigación siga su curso.

Pero Bruno Castello estaba preocupado: "Esa Hilda me tiene entre ceja y ceja, pensó. El robo de pinturas,
me puede costar el puesto".

Adela se acomodó en un banco libre, y estiró por tercera vez su suéter. Ya eran más de las
seis, hacía frío y el sol era un recuerdo, ¿por qué se
demoraban tanto Pablo y Guardiana? Dudó entre
buscarlos por la plaza atestada de gente, no encon-
trarlos y correr el riesgo de que ellos volvieran y
no la vieran allí, o seguir esperándolos consumida
por la impaciencia.

No sólo ese dilema la preocupaba; otras
ideas negras sobrevolaban como cuervos su cabeza.
"Mauro tiene razón, estoy fría con él. Hasta hace
unos días estaba ansiosa por verlo... Cuando llegó,
fue fantástico, pero después... al tenerlo cerca, no es
como me había imaginado. Lo quiero, eso no lo
dudo. Pero hay momentos... en los que preferiría
estar sola. Es tan mandón, tan posesivo a veces.
Otras, extraño cómo nos tratábamos antes, con esa
confianza de íntimos amigos. Quizá no sea nada,
dudó. Sí, seguro que no es nada. Mañana se me pasa", trató de convencerse. Aunque en el fondo sabía
que eso no era cierto porque la duda ya estaba instalada y no se resolvería por sí sola. Por último,

pensó que esa discusión con Mauro podía tener su parte positiva. "Él debería cambiar; entender que no puede manejarme como quiere. Trata de imponerse desde que tenemos trece años". Terminó sonriendo al recordar los principios de su relación. En ese entonces, vivían en Belgrano, él quería ser el jefe del grupo de amigos, y ella era la vecina nueva que nunca se dejó doblegar por Sherlock.

Tan abstraída estaba que no advirtió que otra persona había tomado asiento en el banco hasta que oyó que le decía:

—Hola, querida. ¡Qué suerte que te veo! Hace un rato estuve con Pablo...

—Hola, Luz. ¿Cuándo lo vio a Pablo? Hace rato que lo estoy esperando.

—Hará cosa de una hora. Quería que le dijera la suerte, pero yo tuve un contratiempo... Después se le escapó la perra. Se fue corriendo. Tomá, se dejó esto sobre mi mesa. ¿Podrías dársela?

Luz le entregó la mochila de Pablo con su libro y sus herramientas de cerrajero. Adela pensó que debería de estar muy preocupado por Guardiana como para olvidar así sus tesoros, pero no quiso alarmarse. "Guardiana es muy de echarse a correr como desafío, y después pararse a esperarme ladrando a la mitad del camino", recordó enternecida.

—¿Para qué lado fue?

—Oh, lo vi correr como un loco por la plaza —Luz señaló vagamente.

—¿No sabe si pudo alcanzar a Guardiana?

La adivina ya no la oía; empequeñecida en el asiento había entrecerrado los párpados.

—¿Se siente mal?

Luz abrió los ojos y la miró con dificultad.

—Oh, no es nada —desvió la vista hacia su reloj pulsera y se levantó—. Tengo que volver a casa. Va a llamar una clienta —dijo. Y se despidió.

Adela recorrió de punta a punta toda la Plaza Intendente Alvear. ¡Inútil! No se los veía por ningún lado. Desanimada, pensó en volver a su casa: "A lo mejor nos desencontramos y ellos me están esperando en el departamento. ¿Y si se le escapó Guardiana, y Pablo no se anima a decírmelo?". Adela salió corriendo cuesta arriba.

Al cruzar en diagonal, vio a su amigo sentado en el pasto, a metros de la avenida Pueyrredón. Guardiana correteaba cerca de un árbol sujeta a todo lo largo de la correa. Adela suspiró aliviada y fue de puntillas a sorprenderlos. Le puso las manos sobre los hombros y...

¡Pablo saltó como leche hervida!

—¡Adela! ¡Casi me matás del susto!

—¡Vos a mí también! Hace horas que los espero, pensé que les había pasado algo —Adela trató de contener los saltos de Guardiana que se había abalanzado sobre ella insistiendo en lamerla de pies a cabeza.

—Nos pasó de todo. No me vas a creer cuando te lo cuente.

Entre tanto, otras cosas sucedían en el departamento de los Aguilar...

Sentada en su cama, Inés practicó un largo rato en las cuerdas de su guitarra; había bajado de Internet las canciones que más le gustaban de sus intérpretes favoritos: Shakira, Diego Torres, Mambrú, todas con sus correspondientes notas. Había especialmente una que la tenía casi dominada. "Voy a sorprender a Nico cuando tengamos nuestra primera clase", pensó, mientras ensayaba los acordes de *Sueños*. Ya se veía, evitando mirarlo mientras se animaba a tocar y, entonaba con timidez: "Quiero que me mires a los ojos. Y que no preguntes nada más...". Sí, con un poco de práctica, le saldría casi perfecta.

En un descanso (le dolían las yemas de los dedos y se había roto una uña), y sin demasiadas expectativas, aprovechó para revisar sus e-mails. Nada. Estaba por cerrar furiosa el programa, cuando entró un mensaje... ¡y era de Nico!

Hola, Inés:

¿No esperabas que te escribiera tan pronto, no? Yo tampoco. Acá estoy, en la computadora de mi primo. ¿Vos cómo andás? Mendoza es relindo, y en el barrio Guaymallén, donde está la casa de mis tíos, somos un montón. Jugamos al fútbol, organizamos cabalgatas y a la noche siempre se hacen asados y guitarreadas en las distintas casas. Después jugamos al truco hasta tarde. Igual, no me olvido de vos. ¿Cómo va el trabajo que estabas haciendo? ¿Te metiste en Internet? Espero que nos veamos cuando yo vuelva. ¿Cómo te viene una clase de guitarra por día? Así avanzás más rápido. ¿Te vas a animar a tenerme como profe? Mirá que soy reexigente. ¡Ja!

Cuando llegue, te llamo. Podés mandarme un e-mail a esta casilla, si querés....

Un beso.

Nico(codrilo sooy)

"¡Me escribió, no lo puedo creer!". Inés no cabía en sí de alegría; estuvo a punto de responderle, y se contuvo. "Mejor espero un poco. Con Fernando me fui de boca y terminó todo mal". Pero Nico la había hecho acordar de otra cosa: el trabajo de Rembrandt. ¡Se había olvidado por completo! Pensó que él tenía razón: investigar en Internet podía ser útil y divertido.

Puso el nombre del pintor en el buscador, y la pantalla se llenó de páginas y links con la palabra Rembrandt. Inés las fue visitando una por una, copiando textos y pegándolos en un documento de word para seleccionar más tarde la mejor información. Eligió un autorretrato pintado en 1628 y lo amplió al máximo para verlo en detalle. Debajo de la pintura decía: "Es difícil afirmar qué aspecto tenía Rembrandt ya que aquí el rostro aparece envuelto en sombras tan oscuras que apenas si dejan entrever sus rasgos. Por otro lado, en ninguno de sus retratos juveniles el pintor intentó disimular sus facciones algo toscas".

Inés lo comparó con la foto del "Retrato de un anciano con barba y pipa", y resultó obvio que en esa escuela los discípulos imitaban a su maestro copiando al máximo la técnica del claroscuro. El anciano, sobre fondo negro, también ocultaba sus rasgos a la luz. Pero hasta para ella, que no entendía de pintura, era evidente la superioridad de la obra de Rembrandt. "Este anciano tiene algo raro, una expresión que no me termina de gustar", pensó observando meticulosamente el cuadro. Sí, decidió, los ojos tenían un fondo de brillo que desentonaba con la cara surcada de arrugas y cubierta por la barba blanca.

En "Retrato de una lady", el discípulo se había esmerado para reproducir a una hermosa aristócrata de la época barroca, aunque comparándolo con la pintura de Rembrandt, Saskia como Flora, llena de vida, opacaba a esta tímida dama.

Luego de un rato de comparar las obras, Inés decidió que no sería una mala idea incluir sus observaciones en el trabajo para el colegio. Entusiasmada, escaneó las fotos de los cuadros robados, copió las originales de Rembrandt y guardó todas las reproducciones en un archivo nuevo. ¡Había progresado! Más que eso, estaba *disfrutando* al hacer el trabajo. ¡Y todo gracias a la idea de Nico! Otra cosa para contarle cuando volviera.

Suspendió en el momento justo en que su estómago empezaba a hacer ruidos, y forzaba su mente a imaginar unas medialunas calientes como las que vendían en la panadería de al lado. ¡Una tentación!

Salió al palier. Por alguna razón, el ascensor se había quedado tres pisos más arriba. "Seguro que dejaron la puerta abierta", pensó Inés. Cuando subía apurada por las escaleras, tropezó con su vecina. Luz estaba sentada en el primer escalón del piso trece... ¡llorando!

—Luz, ¿qué le pasa? —se asustó Inés.

La mujer tenía un aspecto atroz: el pelo revuelto, las manos se retorcían en su regazo y sus llorosos ojos celestes estaban más desorbitados que nunca.

—¡Ay, Inés! ¡La vida es muy miserable! En este edificio los vecinos no me soportan. No puedo contar con nadie —lloriqueó mientras se sonaba la nariz con un coqueto pañuelo a lunares colorados.

—Oh, no diga eso, Luz. Puede contar conmigo y con mis amigos —aseguró Inés.

Ella la miró con un rayo de esperanza en sus ojos saltones, y de pronto dejó de llorar.

—Gracias, hija, ¡que Dios te bendiga! Creo... creo que es hora de que confíe en alguien. Todo empezó con ese robo de pinturas... Aunque no sé si debería contarte...

—Quédese tranquila, le va a hacer bien desahogarse —insistió Inés. Y esperó con el corazón a los saltos; ardía en curiosidad y a la vez se compadeció de Luz.

—Mejor, vení a mi departamento. Quiero que veas algo que recibí.

Entraron a un living abarrotado de plantas y Luz la invitó a sentarse en un sofá de tres cuerpos, tapizado en raída pana verde, con una mesa ratona adelante, repleta de cartas. Mientras barajaba los naipes entre sus dedos huesudos, la adivina empezó a hablar con agitación.

—Desde hace dos días estoy recibiendo llamadas extrañas a toda hora. En cuanto atiendo, cuelgan. Pero recién... estaba en la entrada principal despidiendo a una cliente, y me tocaron el timbre de la de servicio. Cuando fui a atender, no había nadie y habían pasado esta carta por debajo de la puerta.

Luz metió la mano en el bolsillo y le extendió a Inés un papel arrugado; en letras de imprenta recortadas de un diario y pegadas se leía: "NO HABLE DE MÁS, O ES BOLETA".

—Creo que puede ser el hombre que vino hoy a la Feria (tu hermano lo vio porque estaba conmigo), y me sigue y me mortifica con sus preguntas. Pero no sé... ¡Ojalá no hubiera estado en la plaza la noche del robo en el Palais de Glace! —y bajando la voz—: Yo vi salir al ladrón, y él me vio. Ese pelirrojo me conoce, y este hombre que me persigue debe de ser su cómplice —y se tapó la boca, arrepentida—. No me preguntes nada más.

—Luz, si sabe algo, ¿por qué no llama a la policía?

—No tengo pruebas, es mi palabra contra la de ellos. Si la policía habla con mis vecinos le van a decir que estoy loca, que me creo adivina. Me van a terminar espantando la clientela. La pensión de mi difunto marido es muy escasa. Si yo no tuviera a quienes tirarles las cartas, ¿de qué viviría? No hago nada malo, simplemente trato de confortar a la gente.

—Luz, yo creo que decir la suerte no es un delito. Ahora usted recibió una amenaza anónima, y alguien tiene que protegerla. Nosotros conocemos a un ex comisario que podría ayudarla. Se llama Moreno...

Luz negó con insistencia y se replegó.

—No, querida. Te lo agradezco, pero no quiero hablar con nadie. No me sucederá nada. Ya tomé una decisión: voy a dejar que las aguas se aquieten. Sí, Luz desaparecerá por unos días. ¿Podrías ocuparte de regar mis plantas, Inés?

—Sí, por supuesto, puedo venir todos los días, si quiere.

—Día por medio es suficiente, pero tratá de que sea después de las siete de la tarde, ¡están tan acostumbradas a ese horario!

Luz sacó un manojo de llaves del bolsillo y se las entregó.

—Gracias, querida. No sabés el gran favor que me hacés. Si alguna vez puedo ayudarte en algo, no dudes en pedírmelo. Ahora debo hacer unos llamados.

La empujó cariñosamente hacia la salida principal, y la despidió con una mancha de rouge en la mejilla. Inés reaccionó cuando la adivina ya estaba por cerrar la puerta de entrada.

—¿Se va lejos, Luz? ¿Cuándo vuelve? —alcanzó a preguntarle.

—Estaré cerca, y volveré pronto —aseguró con sonrisa misteriosa.

"Luz reconoció al ladrón del Palais de Glace, sabe quién es, lo conoce de la Feria y por eso la persiguen", razonó Inés. "Pero está asustada y no quiere revelárselo a nadie. ¿Cómo podríamos ayudarla?".

14
AGENTE SOSPECHOSO

Entré como si nada a eso de las cinco. Fui directo al sótano, vestido con un overol y mezclado entre unos obreros de carpintería que iban a la sala de refacciones. Me escabullí hacia el fondo, que estaba muy poco iluminado. Allí se guardaban las obras ya expuestas que nadie iba a retirar. Entre ellas encontré mi gladiador, tal como yo lo recordaba por haberlo tallado con mis manos durante meses y meses en Devoto. Era increíble cómo había logrado el parecido conmigo, incluida la cara; sólo ese color blanco amarillento de la estatua nos diferenciaba.

Esperé entre bastidores y en medio de las penumbras hasta que todos se fueron del sótano, sin perder de vista el lugar donde estaban embaladas las pinturas. El de las erres me había explicado cómo reconocer la caja.

Poco antes de cerrar, apareció el intendente con otro hombre. No pude verlo, pero me inspiró desconfianza. Sólo alcancé a oír retazos de la conversación.

—...*es importante, de otra manera no lo molestaría.*

— ...*no es mi decisión. Es una formalidad que...*

— ...*y por eso no lo tengo encima, pero...*

— ...*en algún otro momento...*

Después de discutir un rato, finalmente se fueron. En cosa de minutos me cubrí la cara, las manos y los pies con la pasta color marfil que traía en un pote, me coloqué la túnica y las sandalias del mismo color, corrí la escultura del gladiador detrás de unos decorados, me ubiqué en su lugar y ensayé mi estatua viviente. A las nueve menos cinco, cuando regresó el intendente, yo era la perfecta réplica de mi propia creación. Salvo que decidiera apuntarme con su linterna a la cara... Palpé la sevillana en el bolsillo; esperaba no tener que usarla.

Consumido por la impaciencia, Mauro caminaba por el ochocientos de la calle Suipacha buscando la oficina del agente de seguros. No tenía la menor idea de cómo encarar al tal Máximo Robbotti y obtener información acerca de su visita al sótano del Palais de Glace el mismo día del robo. Y tenía sus dudas sobre si Moreno aprobaría esa entrevista, pero decidió correr el riesgo. ¿Acaso no había dicho el ex comisario que usara sus dotes de detective?

En un alarde de optimismo, Mauro resolvió presentarse como el diligente sobrino de su tía, que de hecho sí era amante de la pintura y, en el caso de regresar a la Argentina, estaba seguro de que querría contratar un seguro para transportarlas. ¿Por qué no con un agente recomendado por Mauro? Si se lo pensaba bien, no era una mentira sino una simple y sensata suposición.

Ya en el quinto piso del edificio encontró una puerta con una chapa de bronce que decía: "Triunfal, Compañía de Seguros" y empezó a sentirse menos confiado en sí mismo. Bueno, correría el riesgo de que lo echaran a patadas. "¡Todo sea por la investigación!".

Mauro tocó el timbre y, con su voz más formal, explicó a su interlocutora que venía con la intención de contratar una póliza. Instantáneamente le abrieron por el portero eléctrico.

Entró a un lujoso hall, moqueteado de gris oscuro, con un enorme escritorio donde una recepcionista joven y rubia, de aspecto sencillo y cordial, revisaba unos ficheros.

—Buenas tardes. ¿En qué te puedo ayudar...? —la chica dejó en suspenso una ficha para mirar con interés a Mauro.

—Hola, mi nombre es Mauro Fromm. ¿Podría hablar con el señor Robbotti? —preguntó exhibiendo su sonrisa seductora.

—Acaba de llegar, y ahora está ocupado. ¿Tenías una cita?

—No. Es que mi tía me escribió hoy que tiene pensado viajar, y necesita contratar un seguro. Quiero pedirle asesoramiento. ¿Lo podría esperar? —preguntó Mauro con humildad.

—Mirá que no sé cuánto va a tardar. Yo podría darte toda la información que necesites —aseguró la chica, servicial.

—Oh, por supuesto. Pero como mi tía me pidió que hablara con él...

De pronto, un vozarrón atronó por el intercomunicador.

—¡Celia, traeme un café!

A la rubia se le congeló la sonrisa.

—¡Ya se lo llevo, señor! —exclamó con voz tensa. Y mirando apiadada a Mauro—: Si querés, yo te anuncio, aunque no sé si te va a atender.

Tuvo que esperar todavía una media hora, antes de que el hombre se decidiera a hacerlo pasar.

—Por hoy te recibo, pero otro día antes de venir hacé una cita con mi secretaria, pibe —lo reprendió un Máximo Robbotti, muy engominado y trajeado de oscuro, mientras lo examinaba con recelo por encima de sus anteojos bifocales—. ¿Cómo dijiste que te llamabas?

Mauro repitió su nombre con cara inmutable, y agregó el de su tía, y sus señas en Berlín.

—Bien, Mario, ¿cómo llegaste hasta mi oficina?

—*Mauro* —lo corrigió. Y se atrevió a decir—: Me lo recomendaron en el Palais. Mi tía es coleccionista de arte y quiere asegurar unos cuadros que piensa traer a la Argentina.

—¿Qué tipo de cuadros son?

—Tiene un óleo de unos pájaros suspendidos en el aire, de Fernando Botero —dijo Mauro sin faltar a la verdad—, y un grabado de Rembrandt: un autorretrato —mintió esta vez sin pestañear.

El hombre lo miró algo sorprendido, pero se repuso enseguida.

—Muy bien, primero tendría que ver fotos, examinar los certificados, y comprobar si son pinturas auténticas. Yo viajo mucho y además, tengo colegas que me representan en Europa. El seguro es "de clavo a clavo", o sea, desde que se saca hasta que se cuelga acá. Además se designa un courrier, que puedo ser yo, para que acompañe las obras durante el viaje y se asegure de que lleguen en buen estado. Claro que el valor varía según el caso, todo esto depende del tipo de póliza que quiera contratar tu tía. Dame su dirección y su teléfono.

Birome y papel en mano, Robbotti lo miró interrogante.

—No lo tome a mal; yo primero hago las averiguaciones. Después ella decide y se comunica con usted. ¿Alrededor de cuánto le podría costar cada póliza de esos cuadros?

—Sin verlos, así en el aire, es imposible darte una suma. No sé si estarás al tanto —aclaró pedante—, pero a Rembrandt, se le atribuyen cerca de mil quinientos dibujos y muchos de ellos ni siquiera tienen su firma. En cuanto a los cuadros... por darte un ejemplo, "El hombre del casco de oro", en Berlín, se descalificó en 1991, en su último catálogo razonado, y fue un escándalo mayúsculo.

—Ella tiene todos los certificados en regla —protestó Mauro.

—Los certificados no siempre son confiables. Mejor que tu tía se contacte conmigo. Si no te importa..., estoy muy ocupado.

El agente se levantó de su asiento dando por terminada la charla.

Guiado por su instinto de detective, Mauro lanzó un disparo a ciegas.

—En el barrio se comenta... ¿no fue usted quien aseguró los Rembrandt que robaron en el Palais de Glace? —preguntó con naturalidad.

Robbotti se hizo el desentendido, aunque Mauro supo que había dado en el blanco.

—¿Quién te dijo eso? —y luego procuró restarle importancia—: A algunos vecinos les gusta hablar de más.

En ese mismo momento, la recepcionista entró de sopetón en la oficina.

—Señor, tiene otra llamada urgente de Bariloche —anunció preocupada.

Mauro se apresuró a despedirse y a salir detrás de la joven.

—Celia, ¿podría preguntarte algo? —le dijo apenas llegaron al hall.

—Claro. Si te puedo ayudar... —contestó ella, cordial.

—Mi tía quiere contratar un seguro por unas pinturas, y a mí en el Palais de Glace me hablaron de esta agencia, pero... tu jefe da demasiadas vueltas. Cuando sucede algo, ¿también dan así de largas para pagar? Te lo pregunto por esos cuadros que robaron...

—Oh, aquello fue un caso diferente.

En ese momento, la voz fuerte de Robbotti se hizo oír por el interno.

—¡Celia! ¡Venga enseguida con su laptop! Mi computadora está tildada y necesito unos datos *urgente*.

Mauro, con buenos reflejos, le pidió permiso para leer unos folletos; sobre la mesa, al tope de una pila de carpetas, acababa de ver una con el rótulo: "Póliza Brunnet". Ella accedió, y se fue muy apurada.

Cuando volvió, Sherlock sólo había podido tomar algunas notas de lo que quería saber.

—¿Puedo llevarme estos folletos? —dijo, y simuló que estaba subrayando algo en ellos.

—Sí, no hay problema, llevate los que quieras —contestó Celia. Tenía las mejillas arreboladas, y se la veía muy nerviosa.

—Gracias. Sos muy amable —contestó Mauro. Hubiera querido decirle que no se preocupara, que su jefe era un bruto y no la merecía, pero no se animó.

Al salir, le sonrió comprensivamente, y ella le correspondió con la mirada. "¡Pobre Celia! ¡Si supiera lo útil que me fue!", pensó conmovido. Y después, "¿Por qué Adela no será tan cálida como esta chica?". Inquieto con ese pensamiento, Sherlock prefirió alejarla de su mente y desviar la atención hacia la investigación. En un rapto de inspiración, tanteó la libreta en el bolsillo y caminó apurado hacia la Plaza San Martín.

Sentado en un banco, anotó los resultados de la visita a Máximo Robbotti. La costumbre iniciada en sus primeras épocas de detective, cuando Adela, Diego, Fernando y él perseguían al Carnicero Loco en el barrio de Belgrano, iba en camino de convertirse en una obsesión. "Ya no puedo pensar si no tengo los hechos escritos y organizados en una lista", se dijo. Abrió la libreta y empezó a escribir:

Robo en el Palais de Glace

Detalles de las pólizas Brunnet

1. *Los seguros fueron contratados en Bariloche a un representante de Triunfal. El cliente pagó al contado y firmó pólizas contra todo riesgo, no muy altas, sólo para proteger los cuadros mientras durara el traslado y la exposición.*

2. *Por las pinturas de dos discípulos de Rembrandt, se tomaron pólizas de doscientos mil dólares cada una. Un valor inferior a lo que se cotizan en el mercado.*

Falsos sospechosos

Tras leer la declaración del intendente, han sido eliminados: los guardias nocturnos, el mozo y la empleada de los sanitarios. Tienen coartadas seguras y son todos dignos de confianza.

Nuevos sospechosos

Hilda: está enterada del movimiento de obras en el Palais. Tiene llaves del sótano.

Robbotti: el agente de seguros visitó el sótano del Palais con la idea de revisar los cuadros, pero no pudo. ¡Y los robaron al día siguiente!

Un ladrón desconocido que actuó por encargo, solo o con cómplices.

Hipótesis sobre el robo

El agente de seguros pudo haber robado los cuadros esa noche por su cuenta o en complicidad con alguien. Como la póliza era muy inferior al valor que las obras tienen en el mercado, el asunto le convenía.

A lo mejor, la ida al sótano fue un pretexto para examinar el sistema de seguridad, conocer el horario en que Bruno activaba la alarma, o volver a revisar la ventana de la planta baja para saber cómo forzarla después.

Si Robbotti es el ladrón, ya debe tener preparada una buena coartada, en el caso de que la policía sospeche de él.

"Fue una suerte que esa carpeta estuviera sobre la mesa de Celia", pensó Sherlock. "Lástima que no haya podido copiar más datos. El nombre y la dirección del representante en Bariloche, por ejemplo. Aunque eso puedo averiguarlo a través de Moreno, pero me hubiera gustado sorprenderlo". Satisfecho a medias después de leer las conclusiones, cerró la libreta, que puso en el bolsillo, y se internó en la plaza resuelto a volver caminando al departamento para meditar sobre el caso.

Hacía frío y, sin notarlo, la tarde había dado paso a la noche. A excepción de un ciruja que descansaba en un banco cubierto por una manta, la plaza estaba desierta.

Mauro se apresuró. Poco antes de pasar por el monumento a San Martín, oyó un rumor de pisadas entre las hojas secas. Lo inquietaba que un desconocido le anduviera pisando los talones. Simuló atarse los cordones de las zapatillas para echar un vistazo. Sólo alcanzó a vislumbrar una silueta gris que se escurría por las escalinatas del monumento.

15
REUNIÓN DE DETECTIVES

"Será el pobre hombre del banco. ¡Basta de sentirme perseguido!", pensó. Igual, siguió caminando con los ojos en la nuca.

De improviso volvió a oír pasos que corrían en pos de los suyos y cuando quiso darse cuenta tenía al tipo encima. Fornido, con una gorra encasquetada, lo inmovilizó en dos brazadas. Mauro trastabilló y estuvo a punto de caerse, pero el grandote lo alzó por los sobacos, lo zamarreó como a un títere y empezó a arrastrarlo.

—Caminá —le susurró al oído. Le clavó dos garras en la espalda y fingió que lo llevaba abrazado como a un viejo amigo.

Avanzaron muy juntos hasta las escalinatas, y al llegar arriba el fornido lo estampó de espaldas contra la estatua arrinconándolo con su barriga.

—¡Tome la billetera! —alcanzó a decir Mauro con voz desfallecida.

Por toda respuesta, su atacante le hundió unos dedos de hierro sobre los hombros y presionó hasta que a Mauro le faltó la respiración.

—No te metas en nuestro trabajo. A la próxima, sos boleta —amenazó con voz ronca de matón, y le pegó dos palmadas finales en los omóplatos.

—¿Yo qué le hice? —atinó a decir Mauro aturdido.

Por toda respuesta, el de la gorra le dio una patada. Entonces Mauro lo vio venir de atrás, haciéndole señas para que no lo delatara: el pobre hombre del banco, que parecía más joven y ágil de lo previsto, enceguecío al fornido personaje al cubrirle la cabeza con su frazada, y le apuntó a la espalda con un palo.

—Dejá al pibe, o te reviento —lo amenazó con voz ronca.

Ciego, el otro liberó al instante a Mauro, y se quedó manoteando en el aire como atontado.

—¡Suélteme! ¡Está equivocado, yo no le iba a hacer nada! —gritaba.

Mauro aprovechó para escurrirse del monumento y unir sus fuerzas a las del ciruja. Pero el matón era ágil y tenía reservas, imprevistamente tiró de la frazada, los empujó, bajó de a dos los escalones del monumento, y se perdió entre las sombras de la plaza.

Tras el incidente, Mauro no sabía cómo darle las gracias al hombre, que se negaba a aceptarle dinero.

—¡Cómo no te iba ayudar, pibe! No me ofendas. Yo trabajo de cartonero.

Costó convencerlo, pero al final terminaron tomando un café con leche con dos sándwiches tostados de jamón y queso en la confitería de enfrente. Mauro también necesitaba un desquite de comida y comentar el episodio con su nuevo amigo.

Media hora después, más tranquilo, Sherlock tomaba el ciento treinta rumbo al departamento de los Aguilar.

Inés recibió a Adela y a Pablo en la puerta, más efusiva que nunca.

—¡Chicos, menos mal que llegaron! ¡No saben lo que pasó! ¡Qué tarde tan agitada!

—¿Vos también? Esperá a que yo te cuente —comentó Pablo.

Mientras se ponían mutuamente al tanto de los últimos acontecimientos, prepararon un suculento té acompañado con una torta de chocolate que la madre había dejado preparada, alfajores y papas fritas de paquete. ¡Tantas emociones les habían despertado las ganas de comer!

—...Luz mencionó a un pelirrojo y Pablo vio al pelirrojo del canto-bar hablando con un hombre... Yo creo que es la misma persona. —concluyó Inés.

Los otros le dieron la razón; la sospecha tenía sentido.

—¡Ya son las ocho y media y Mauro todavía no llegó! Me preocupa —dijo de repente Adela.

—Se habrá demorado con Moreno. El Guido Apart queda sólo a cuatro cuadras —la tranquilizó Inés.

—Si me prestás tu bici, lo voy a buscar —ofreció Pablo, ansioso por hacer un poco de ejercicio para alivianar su estómago atiborrado de comida.

Justo en ese momento sonó el teléfono. Inés fue y volvió con noticias.

—Era papá, se encontró con mamá en el centro. Dice que no los esperemos porque van al cine y a comer afuera. Que cualquier cosa los llamemos al celular.

—¡No hables de comida porque me descompongo! —exclamó Pablo.

Adela le dio la llave del candado de su bicicleta, y ya salía él en busca de su amigo, cuando tocaron el timbre.

Mauro intentaba sonreír, pero se lo veía

pálido. Enseguida notaron que tenía la manga de la campera desgarrada, y las botamangas de los pantalones y los zapatos embarrados.

—¿Qué te pasó? —preguntó Adela, alarmada.

—¿Te asaltaron? —preguntó Pablo.

—¿Te traigo un vaso de gaseosa? —ofreció Inés.

—No se asusten, me apuraron en la Plaza San Martín y...

A grandes rasgos le contó lo sucedido. A partir de ese momento, lo atendieron como a un héroe. Adela le trajo un pedazo de torta, pese a las protestas de Mauro que aún no digería los dos sándwiches tostados; Inés le consiguió una aspirina para aliviarle el dolor de la pierna, y Pablo le alcanzó una silla para que la apoyara.

Ansiosos por escuchar también el resultado de sus investigaciones, nadie osó interrumpirlo durante el racconto de las peripecias del día.

Media hora después, la reunión de detectives funcionaba a pleno. Inés, Adela y Pablo tenían sus sospechosos favoritos, pero Mauro insistió en que estaban a las puertas de la resolución del robo, con Máximo Robbotti como enemigo público número uno.

—...Y apuesto a que apenas salí de su agencia, él me mandó ese matón para asustarme.

—Cuando lo vi en la plaza, insistiéndole a Luz para que le tirara las cartas, yo también sospeché de él. Pero después de lo que descubrí en el Centro Cultural, no sé... Si estuviera mezclado en el robo de las pinturas, ¿andaría por ahí repartiendo tarjetas personales? —dudó Pablo.

—Por eso mismo. ¿Quién iba a sospechar justamente del mismo tipo que aseguró los cuadros y fue a verlos al Palais? —insistió Mauro.

—A lo mejor no fue él en persona, sino que les encargó el robo al pelirrojo y al hombre grandote que habla con las erres. Los que Pablo vio, y oyó discutir hoy en el Centro Cultural —sugirió Adela.

—¿Por qué estás tan seguro de que ellos hablaban del robo del Palais? Pueden ser chorros que se referían a algún otro trabajo —dudó Mauro.

—Hablaban de cuadros sacados de un museo y el pelirrojo dijo que una mujer lo había visto salir. Por lo que contó Inés, ésa debe ser Luz, que está recibiendo amenazas. Todo encaja —se emperró Pablo.

—A lo mejor el hombre de las erres es un heredero que aprovechó un traslado de cuadros de un familiar para robárselos en complicidad con el pelirrojo, y la mujer que los vio es otra. ¿Dijeron museo o mausoleo? Capaz que se referían a un caserón viejo —dijo Inés en un rapto de inspiración.

—Dijeron museo; lo oí perfectamente. Y yo creo que se referían al robo del Palais que estamos investigando. Dejá de copiarte de esos argumentos ridículos de las telenovelas —contestó Pablo, mortificado por las dudas que veía crecer a su alrededor.

—¿Hubo algo que te llamara la atención en el otro hombre? Me pregunto si no sería Robbotti disfrazado. La barba y los bigotes podrían ser postizos —intervino Adela.

—Mirá, a ése yo lo vi en la plaza, era más flaco y no tenía ningún acento de erres marcadas. Después de hablar con Luz, seguramente se fue a su agencia porque Mauro se encontró con él, más o menos a esa misma hora.

—Yo estuve más temprano; tuvo tiempo de llegar a esa cita cuando me fui. Y pudo ponerse más ropa para simular gordura —discutió Mauro.

—El tipo que estaba con el pelirrojo parecía mayor —insistió Pablo.

—No te confíes, porque quizás se avejentó a propósito y el acento era fingido. Entre los mismos delincuentes muchas veces no quieren revelar su verdadera identidad por miedo a que al otro se le ocurra traicionarlo —discutió Inés.

—¡No divagues! Vos con tal de llevarme la contra... —gruñó Pablo.

—Dejala que hable. Tenemos la obligación de evaluar todas las posibilidades... por más inverosímiles que parezcan —la cargó Mauro.

Los varones no pudieron reprimir la carcajada.

—Hacete el canchero ahora. Bien que cuando llegaste, tenías el rabo entre las piernas. ¡Y yo que te traje una aspirina! —fingió lamentarse Inés.

—No les hagamos caso. Les encanta hacerse los machistas —rió Adela.

—Ahora tampoco me hace gracia cuando me acuerdo de cómo me sorprendió ese energúmeno. Si no fuera por el ciruja que me ayudó... —comentó Mauro, conciliador—. Yo insisto en que ese Robbotti me mandó un matón para asustarme apenas salí de su agencia. Es un bruto, no saben cómo la trató a Celia, ¡a los gritos!

—¿Quién es Celia? —preguntó Adela.

—Oh, la recepcionista que trabaja ahí. Una rubia muy amable, que consiguió que él me atendiera —explicó Mauro observando de reojo a su novia para ver cómo le caía el comentario.

Se llevó un chasco, porque ella pareció inquietarse, pero en un sentido muy distinto del imaginado por él.

—¡Pobre chica! ¡Qué horror trabajar para semejante jefe! —se compadeció sinceramente. Y agregó—: ¡Lástima que el pelirrojo haya ido detrás de Pablo, y no al revés! Guardiana podría haberle seguido el rastro con sólo olfatear sus zapatos, y ahora todos sabríamos dónde encontrarlo. En el caso de que el ladrón fuera él, claro.

—¿No se dan cuenta? Todo concuerda. —exclamó Pablo.

—¡Sos un genio, me hiciste acordar de algo! ¿Y si revisamos el celular? Debe tener grabado el último número que marcó —se exaltó Mauro.

Pablo corrió a buscarlo en su mochila, apretó *redial*, y en la pantalla apareció un teléfono con característica de Palermo Viejo. Atendió un contestador:

—*Usted se ha comunicado con TAODA, Transportes de Antigüedades y Obras de Arte. El horario de nuestras oficinas es de siete a veinte horas. Si quiere dejar su mensaje, puede hacerlo después de la señal.*

—Mauro, tenemos que ir a investigar ahí mañana mismo —enfatizó Pablo.

—¡Seguro! Chicas, ¿no podrían pedir la entrevista con Hilda en el Palais? El día que yo fui estaba cerrado. ¡Tienen que tratar de averiguar algo sobre el robo!

En su entusiasmo, Sherlock se llevó la silla por delante y lanzó un grito de dolor.

—Mauro, ¿estás bien? ¿Querés que le diga a mamá que nos acompañe a la guardia del Rivadavia? —se preocupó Adela.

—No es nada; un pequeño recuerdo en el dedo gordo que me dejó ese matón. Con un poco de agua fría se me va a pasar.

—¡Ay, casi me olvido! Tengo que ir a regar las plantas al piso de Luz —asoció Inés.

—¿A esta hora? Son casi las diez —se extrañó Pablo.

—Me pidió que fuera como a las siete, pero con tanta charla, me olvidé.

—Chicos, yo creo que tendrían que hablar mañana con Moreno. Este robo se está poniendo más complicado y peligroso de lo que creíamos al principio —se inquietó Adela.

—Somos detectives, me gustaría poner a funcionar nuestras mentes, ir a TAODA antes de hablar con él —se resistió Pablo.

Mauro estuvo de acuerdo. Se moría de ganas de sorprender con sus pesquisas al ex comisario.

—Chicos, me voy a casa —anunció Adela—. A Mamá no le gusta que llegue tarde sin avisar, y Guardiana, cuando no estoy, ladra porque se aburre. Inés, ¿te importa que no te acompañe? Es feo ir de noche a un departamento vacío.

—No, para nada. Ya no soy más miedosa —le aseguró ella. Y se fue.

—Pero a mí sí me importa que te vayas ahora, Adela. Quedate un rato más. Llamala a tu mamá, decile que después te acompaño —la presionó Mauro.

—Chau, chicos. Me voy a ver televisión —se despidió Pablo, discreto.

Apenas estuvieron solos, Mauro arrastró a su novia al sillón, y trató de abrazarla. Adela lo apartó.

—¿Por qué siempre querés salirte con la tuya? Te dije que me tenía que ir. Mamá...

—No busques pretextos. Sabés muy bien que si la llamás y le avisas que en media hora te acompaño, está todo arreglado.

—Puedo hacerlo..., pero no sé si quiero.

—Entonces a vos te pasa algo, Adela. No me lo niegues porque ya me di cuenta. Primero hoy... y ahora... ¿Por qué no hablás francamente?

Ella fijó la vista en la punta de sus zapatos y respiró profundo.

—No es tan fácil —susurró por fin.

—Hacé un esfuerzo. Creo que me lo merezco.

Mauro esperó con el corazón encogido, tratando de que su cara no denotara la ansiedad que sentía. Esa tarde no había pensado en plantearlo así, pero ahora comprendía que la cosa no daba para más vueltas. De repente se sintió débil y deprimido, más solitario de lo que se había sentido nunca. Aunque no quería inspirarle lástima, y tampoco jugar a hacerse el desentendido. Si ella no lo quería como antes o tenía dudas, era mejor que se lo dijera de una vez por todas.

—Te quiero mucho... —empezó Adela con tacto.

—Pero... —se le adelantó él.

—... No estoy tan segura de... Ya no siento... lo mismo que sentía al principio. No sé qué es y me cuesta explicarlo...

—¿Desde cuándo te pasa eso? ¿Por qué no me lo dijiste antes?

—Desde que llegaste empecé a tener dudas. El año pasado, en Bariloche, al principio sentí algo parecido y... Pensé que esta vez también se me iba a pasar.

—Y no.

—No. Ahora es distinto... Para mí es difícil estar de novios así, Mauro. Lo siento mucho, yo... —la voz se le quebró en un sollozo.

—No llores —dijo él con suavidad, reprimiendo las ganas de abrazarla y consolarla a fuerza de besos.

—Es que no me gusta sentir esto... Yo quisiera... —y se largó a llorar con más fuerza.

—Te entiendo. Pero acá... la voluntad no tiene mucho que ver, ¿no? —Mauro inspiró profundo; un gran vacío, una lenta sensación de angustia le creció por dentro. Haciendo un supremo esfuerzo sonrió y dijo—: Sigamos un tiempo como amigos, Adela, seamos los grandes amigos que fuimos siempre. No tenemos por qué estropearnos las vacaciones, o estropeárselas a los chicos. Hablemos más adelante —alcanzó a esbozar otra sonrisa.

Esperó ansioso su respuesta como un último atisbo de esperanza. "Necesito otra oportunidad, se decía, tiempo para reconquistarla".

Tras un momento de silencio, Adela se secó las lagrimas y sonrió.

—Está bien, acepto. Y me alegro de que te lo tomes así, pensé que vos...

"¡Si ella supiera!", pensó Mauro, desolado. Tuvo que apelar a toda su fuerza de voluntad y a su orgullo para recomponerse y mentir con aplomo:

—No te preocupes tanto por mí, Adela. Mirá... yo tampoco me animaba a decírtelo, pero desde que llegué... también tenía mis dudas.

16
UNA VOZ EN EL TELÉFONO

A las diez de la noche, en el departamento de Luz todo era oscuridad y silencio. Inés accionó una perilla deteriorada y se produjo la explosión: la lámpara se hizo trizas y saltaron los tapones.

A tientas llegó a la cocina. Por suerte, había velas sobre la mesada. "Con las tapas de electricidad en ese estado, Luz debería tener esos accidentes seguido", imaginó. Buscando los fósforos, también encontró una linterna en el primer cajón.

Nada mejor que una casa extraña y a oscuras para estimular sus peores fantasías. En las paredes del living creyó ver sombras, y cada uno de sus pasos despertaba rumores y crujidos en los muebles antiguos. ¡Hasta había estatuas de yeso y pájaros embalsamados! El lugar se parecía a un exótico museo. Pero Inés ya estaba ahí y no se iría sin cumplir su cometido. "El año pasado, en Bariloche, pasé por situaciones repeligrosas y pude vencer el miedo", recordó para infundirse coraje. Inspiró profundo y se encaminó con paso rápido hacia el lavadero.

En cuanto prendió las velas y la linterna, Inés se tranquilizó; llenó una jarra con agua y se encaminó hacia el living. "Primero voy a regar todas las plantas de interior", pensó. "Después las del balcón".

Tuvo que ir y venir varias veces de la cocina –Luz tenía más de doce plantas, entre potus, helechos, ficus, dracenas y palmeras– para regarlas a todas. Estaba en el lavadero, a punto de llenar una regadera de agua para inundar las plantas del balcón, cuando la sobresaltó el timbre del teléfono. Al principio dudó en contestar; luego se dijo que podía ser la adivina o los chicos, y fue hasta la cocina a atender. Llegó tarde, ya había irrumpido el contestador. Por las dudas, puso la máquina en retroceso. No habían dejado mensajes.

"Será algún cliente que prefiere hablar directamente con ella", especuló Inés. Decidida a cumplir con lo prometido, volvió al balcón.

El lugar era un jardín en miniatura; en cantidades de macetas, de diferentes tamaños, se entrelazaban plantas con diversidad de follajes, superpuestas unas con otras, que cubrían casi por completo las baldosas e imitaban un paisaje exuberante y desprolijo. Otras se apoyaban en el muro divisorio con el balcón vecino en inestable equilibrio.

Inés encontró una canilla de modo que ya no tendría que ir y volver de la cocina acarreando agua.

Estaba terminando de regar una planta de jazmines, cuando sonó de nuevo el teléfono. Dejó la regadera en el suelo, y corrió a la cocina a atender. Llegó tarde, aunque esta vez habían dejado un mensaje grabado.

—Luz, sé dónde estuvo la otrra noche y lo que vio. Quierrro hacerrrle una prrropuesta de negocios que le puede interrresarr. La esperro el lunes a las cinco y media en el mausoleo de Sarmiento, en la Rrrecoleta. Siga los carteles y yo la encontrrarré a usted. No deje de venirrr. Recuerrrde: sé cómo ubicarrrla y estoy cerrrca.

Fin del mensaje.

Ahora a Inés le temblaban las piernas y tuvo que sentarse. Podía estar equivocada, pero la sola mención del mausoleo y la tonada extraña le habían puesto la piel de gallina. ¡Demasiada casualidad! Era el mismo hombre de las erres que Pablo había sorprendido hablando con el pelirrojo esa tarde. Estaba segura. ¿Sería también el autor del anónimo? ¡Qué ganas de salir corriendo para ir a contarles todo a los chicos! Se estrujó las manos transpiradas por los nervios. "Ya me falta poco, termino de regar y voy", pensó.

Inspiró profundo, tomó un vaso de agua y, apenas logró acallar el ritmo enloquecido de sus latidos, volvió al balcón.

Inés volcó el resto de la regadera en las macetas grandes que estaban apoyadas en el muro. Al darse vuelta para irse, sintió una ráfaga de aire helado en la cara y alcanzó a oír un crujido. Se corrió justo a tiempo; una pesada maceta la rozó y se hizo añicos contra el suelo. En medio de la penumbra, creyó ver una sombra deslizándose en el balcón vecino seguida de una exclamación ahogada.

Con un alarido de terror, volcó la regadera y entró como tromba en el living. Sin perder tiempo en cerrar la puerta del balcón, corrió hasta la cocina y se encerró con doble llave.

Temblando como una hoja, aferró el tubo del teléfono y marcó el número de su departamento. Se equivocó dos veces. La tercera le dio ocupado.

Inés insistió. Seguía ocupado. Le pareció oír pasos en el living; pronto el ladrón forzaría la puerta y se precipitaría sobre ella. En plena taquicardia, volvió a marcar con dedos transpirados. Tres, cuatro, cinco interminables llamados, hasta que atendió Pablo.

—Soy yo, Inés...

—¿Quién habla?

—¡INÉS! ¡Vengan rápido! ¡Entró alguien!

—¿Qué pasa? No te oigo nada —y pegó un grito—. ¡Mauro bajá el televisor!

—¡Vengan a buscarme! Se cortó la luz y creo... que entró alguien. Tengo miedo. No me animo a salir al pasillo sola.

Tras un breve silencio, volvió a oírse la voz de Pablo.

—¿Estás segura? Siempre te imaginás cosas y...

—¡Dejaron un mensaje *raro* en el teléfono! Fui al balcón y se cayó una maceta... Estoy encerrada en la cocina. ¡Vengan por la puerta de servicio! —rogó Inés con tono desesperado.

—No abras hasta que oigas tres timbres cortos.

Minutos más tarde, se oyó la contraseña. Inés, espió por la mirilla. Eran los chicos, cada uno con una linterna.

Abrió la puerta y se echó llorosa en brazos de su hermano.

—¡Fue horrible, horrible!

Enseguida se apartó, temiendo que Pablo se riera de ella. Lejos de burlarse, él le palmeó la espalda con afecto.

—Calmate, Inés. Estoy seguro de que no es nada.

—Y ya estamos nosotros acá —la consoló

Mauro, y luego se apropió de un palo de amasar que había colgado en la pared—. Voy a ver si realmente entró alguien. Vos, Pablo, quedate con ella.

—No, yo te acompaño. Inés, ¿te animás a bajar sola por el ascensor?

—¡Mejor no entren ahí! Llamemos al portero o a la policía —gimió ella.

Pero era tarde, Mauro con el palo de amasar en la mano y Pablo enarbolando una escoba, abrieron la puerta de la cocina e irrumpieron en el living. Ambos dudaban de las sospechas de Inés; era miedosa y siempre se imaginaba cosas raras. Igual, estaban resueltos a investigar.

Presa del pánico, ella escapó hacia la portería.

Mauro y Pablo caminaron sigilosos por el corredor iluminando su alrededor con los focos. El living parecía desierto, y Pablo comprobó que la puerta del hall que daba hacia los dormitorios estaba cerrada con llave. Luz habría tomado esa precaución antes de irse.

—Si hay alguien, sólo puede estar en el balcón —le cuchicheó a Mauro.

—¿No pudo haber entrado desde allí al dormitorio?

—Inés me dijo que esa persiana estaba cerrada.

De puntillas se encaminaron por ambos lados hacia el balcón. A simple vista allí no había nadie, pero Mauro quiso asegurarse.

Sólo se oía el rumor del viento que agitaba hojas de arbustos y plantas.

se plantillas se explican en la por tabla
... Juan Ignacio el buldozer. A cuda vista ... en babu
... anit Jorge Molino quien ... clara ...
... subsistencial función del venudo que ...
... la lu es de inundadovoy pintas ...

17
LADRÓN FANTASMAL

Los focos de las linternas se detuvieron en todos y cada uno de los rincones. El verde tranquilizador de las plantas fue lo único que encontraron. Igual revisaron el balcón palmo a palmo antes de darse por vencidos y decidir que, efectivamente, allí no había nadie.

Entonces Sherlock se detuvo a observar la maceta caída del muro y las que todavía estaban en pie.

—Mirá esta maceta, tiene media base afuera. No es raro que la otra se haya caído sola si estaba igual de inestable. A lo mejor Inés hizo un movimiento brusco sin darse cuenta y... ¡zas! —concluyó Mauro.

—Sí, eso es típico de Inés. Y como estaba asustada por el llamado telefónico... se imaginó que acá había alguien —dedujo Pablo.

—Puede ser, pero no se lo digamos, se va a enojar.

De repente, se oyó un ruido seco.

—¿Qué fue eso? —susurró Mauro.

—Venía del balcón de al lado.

Tras consultarse con la mirada, los chicos corrieron las macetas y, en puntas de pie, espiaron a través de la reja.

El balcón vecino tenía un cartel de alquiler al frente y todo el aspecto de estar deshabitado; las plantas crecían indisciplinadas y muchas de ellas ya estaban resecas por falta de riego. Sin embargo, la ventana vidriera permanecía entreabierta y el entrechocar de la puerta con su marco era lo que producía ruido.

—¿Entramos a investigar? Si existió un ladrón y se escondió ahí, puede haber alguna pista —propuso Mauro.

—El departamento parece vacío pero... ¿y si el propietario dejó a algún cuidador, y él fue el que asustó a Inés? Mejor volvamos mañana con un buen pretexto.

Mauro se despojó de su suéter y lo tiró a través de la reja.

—Ya tenemos un buen pretexto. Vamos.

El muro divisorio no era alto y el enrejado, apenas un adorno. Mauro y Pablo treparon del otro lado sin muchas dificultades y aterrizaron en el balcón. Mientras Mauro fingía buscar su suéter, enfocó la puerta ventana con su linterna y la luz se desparramó por un living sin muebles.

—Entremos —cuchicheó.

Escudriñaron el lugar, el palier principal y pasaron a un corredor al que daban tres dormitorios y un baño. Primero revisaron el segundo cuarto y el baño. Pablo prestó especial atención a las puertas, y las examinó con su linterna para descubrir si alguna de ellas había sido forzada. Mauro revisó minuciosamente cada rincón y hasta los interiores de los placars. Todos vacíos.

En el dormitorio principal encontraron dos cajas de cartón y diarios viejos desparramadas por el suelo. Mauro se sentó a echarles un vistazo. De pronto, lanzó un grito sofocado.

—Pablo, ¡mirá esto!

Había fragmentos de páginas de diarios, donde grandes titulares hacían mención al robo de pinturas. "DESAPARECEN DOS CUADROS DEL SIGLO DE ORO HOLANDÉS DE UNA EXPOSICIÓN". "EL ROBO DEL PALAIS DE GLACE SIGUE SIN RESOLVERSE". "NO HAY SOSPECHOSOS EN EL ROBO AL PALAIS DE GLACE." Entretenidos como estaban, un portazo los tomó desprevenidos.

Se miraron consternados. ¡El ladrón fantasmal estaba en el departamento! ¡Tenían que salir de allí!

Sin pensarlo dos veces, desandaron el camino, pasaron de balcón a balcón y aterrizaron en el de

Luz. Atravesaron el living, la cocina y el lavadero en loca carrera hacia la puerta de servicio.

¡Habían escapado por un pelo!

En las escaleras de servicio chocaron con el portero que bajaba del ascensor con cara de recién despierto y ceño preocupado.

—¿Qué pasó? Tu hermana dice que acá entró un ladrón.

—En realidad, no lo sabemos. Yo le explico... —Mauro esbozó su mejor sonrisa.

Pero un portazo y una maceta caída no probaban nada. ¿Qué podrían robar en un departamento vacío? Para cerciorarse, el encargado fue a hablar con el portero del edificio vecino. Volvió con noticias: el suplente nocturno no había visto entrar a nadie ni oído absolutamente nada. Después de hacer una ronda, aseguró que avisaría al portero de día y a la mujer de la inmobiliaria. Tras varias recomendaciones, el encargado los mandó derecho a su departamento.

—... Y deberías hablar con tus padres mañana, Pablo. Tu hermana casi nos mata del susto a mi esposa y a mí. Ya le dije yo que no tenía que andar intimando con esa mujer, y mucho menos entrar en su departamento a esta hora y para regar las plantas.

Se fue cabeceando su desaprobación en medio de un ataque de bostezos.

Antes de poner la llave en la cerradura, les abrió Inés, que espiaba ansiosa por la mirilla de la puerta. Primero los acribilló a preguntas y, tras escuchar el relato de los chicos, les contó sobre las extrañas llamadas telefónicas que había recibido en el departamento de Luz.

—Estoy segura de que el mismo que dejó el mensaje espiaba desde el balcón de al lado. Los diarios que encontraron lo prueban. Para mí que fue él quien me tiró la maceta para asustarme, y dio un portazo para que se fueran ustedes.

—¿Dijiste que por teléfono tenía un acento raro?

—Sí, arrastraba las erres como ese tipo que vio él hablando con el pelirrojo.

—¿Estás segura, Inés? ¿No estarás sugestionada? —dudó Pablo.

—Tengo buen oído. Vos te pensás que me imagino todo —se indignó Inés.

—Yo te creo, Inés —intervino Mauro—. Pero hay una sola forma de averiguar si realmente es el mismo hombre que vio y oyó Pablo. Alguien tiene que ir el lunes al mausoleo de Sarmiento, en la Recoleta.

Moreno, desde su celular, no quiso hablar del tema.

—Ni se les ocurra asomarse por el cementerio el lunes. Yo me voy a encargar de ese asunto. Si son ciertas sus sospechas, ya nos enteraremos.

Y como estaba en mitad de una reunión, tuvo que cortar apresuradamente, no sin antes decirles que los llamaría al día siguiente para verlos en el lobby del apart y cambiar impresiones.

Desilusionados, los chicos vieron esfumarse las posibilidades de presenciar un emocionante encuentro entre sospechosos.

—A lo mejor, de acá al lunes lo convencemos. Podemos estar en el lugar, sin correr peligro, ni que ellos nos vean —se esperanzó Mauro.

Pero Pablo no estaba tan seguro tratándose de Moreno. Cuando las cosas se ponían difíciles, como había pasado el último verano en Bariloche, los quería lo más lejos posible del peligro.

—Podemos ir a TAODA, a ver si averiguamos algo sobre el pelirrojo —propuso.

A Mauro se le iluminó la cara. ¡Se había olvidado por completo!

Por su parte, las chicas tendrían que vérselas con Hilda. ¿Podrían averiguar algo sobre el robo, en medio de la entrevista?

En los galpones de la empresa de transportes, Mauro y Pablo encontraron a un chofer sucio de grasa con la cabeza metida dentro del capot de un camión. Mauro se acercó con expresión de inocencia, y le explicó.

—...y encontramos el celular de un chico pelirrojo, pero no lo podemos ubicar para devolvérselo. Como tenía este número grabado pensamos que a lo mejor...

El hombre no lo dejó terminar, se lo veía apurado y de poco humor para contestar preguntas.

—Hay un pelirrojo que trabaja acá, no sé si será el mismo que dicen ustedes. Yo no los puedo ayudar. Pregúntenle al patrón. Vuelve dentro de una hora —dijo. Y siguió trabajando en el motor.

Ya se iban desilusionados, cuando Mauro decidió preguntarle a un muchacho joven, de camisa rosa, que escuchaba música a todo volumen en la cabina de otro camión.

Para alegría de los chicos, tras un rato de charla con Pablo sobre motores y posibilidades de trabajo en la empresa, el peón, que se llamaba Tito, resultó ser tan extrovertido como locuaz.

—El pelirrojo del que me hablan debe ser Ariel, no conozco otro. Él trabaja acá y vive en un inquilinato de San Telmo por la calle Chacabuco y Cochabamba, creo. Una día lo acompañé a llevar unas sillas. Andaba siempre con Javo, otro empleado, y más de una vez me prendí con ellos en una fija en la quiniela. Ahora hace tiempo que no los veo porque viajo al interior.

El departamento de dos ambientes tenía pocos muebles, pero cuadros había muchos; contra las paredes, sobre las sillas, y hasta en la cocina, las copias de grandes obras pintadas por Porky esperaban al cliente apropiado. Era la pantalla de mi cuñado para mantener el puesto de San Telmo y la confianza de Erika, que no sospechaba cuáles eran sus verdaderas actividades: el robo de pinturas para vender en un mercado negro muy redituable. "Pero después de este trabajo nos paramos, y va a tener que blanquear las cosas, dejar el puesto y esta tapera", pensé. "Ya estoy cansado de fingir delante de mi hermana, y harto de laburar de peón en TAODA. Quiero tener mi propia camioneta, no seguir usando las de la empresa. Es peligroso". Las cosas se complicaban, y todo por culpa de esa adivina que me había visto salir del Palais.

Sentado ante la pantalla, traté de concentrarme en el archivo que estaba escribiendo. El de las erres me había asegurado que una de las pinturas ya estaba vendida en Canadá, aunque yo desconfiaba por principio. "A último momento pueden presentarse problemas", pensé. No era la primera vez que se deshacía una operación pactada en el exterior. Porky y yo teníamos que estar preparados. ¿Cuándo me mandaría el tipo el mensaje para la próxima reunión? "En el Buenos Aires Design no concretamos nada, y encima la charla se interrumpió por culpa de ese mocoso con la perra", recordé. "Paranoias del de las erres. Todavía no entiendo para qué corrí al pibe".

Aburrido, abrí el programa para revisar los e-mails. Y sí, el hombre se había dignado a dar señales de vida. Las pinturas no podían estar escondidas mucho tiempo en ese lugar. Ya se lo había dicho.

Cita confirmada para el lunes, a las cinco y media, en el mausoleo de Sarmiento. La mujer está avisada. Le haremos una "oferta" para evitar problemas. Te espero para una puntual doble entrega. R.R.

El llamado del teléfono me sobresaltó y mal-
dije al acordarme de la pérdida del celular. ¿Dónde
diablos lo habría dejado? "Hubo un problema con
un traslado. Acá estoy con el cliente. ¡Vení enseguida!
La cosa está que arde".

Javo llamaba desde el aguantadero: la obra
en construcción, abandonada, en Cochabamba al
seiscientos que se comunicaba con los fondos del in-
quilinato. "La cosa está que arde, pensé asustado, y
salí corriendo sin apagar la computadora".

Mauro y Pablo recorrieron la cuadra de
Chacabuco al mil trescientos buscando el inquilinato del pelirrojo. Muchas de las casas eran viejas
y tenían forma de chorizo; no sabían en cuál averiguar. Hasta que vieron a una señora de vestido
floreado y chancletas que barría enérgicamente la
vereda de la esquina, y Mauro decidió arriesgarse.

—Disculpe, señora, buscamos a un chico
pelirrojo que vive en esta cuadra, pero no tenemos
la dirección exacta. ¿Usted no sabe dónde podría
ser? —contestó Mauro con sonrisa cordial.

—El único pelirrojo que yo conozco vive
en ese inquilinato de la mitad de la cuadra —dijo
señalando una puerta marrón muy deteriorada—,
en el departamento cinco, creo. Hoy no lo vi, para mí que no debe estar.

—Muchas gracias, señora. Por las dudas vamos a tocar el timbre —contestó Mauro con gran cortesía.

Mientras pensaban una excusa creíble para que les abrieran, salió una vecina en bicicleta y dejó la puerta entreabierta.

Cruzaron un largo y oscuro corredor y se detuvieron ante el departamento cinco.

—Vos esperame acá. Es mejor que vea a uno solo —afirmó Mauro, que sostenía el celular como carnada.

Pablo se ubicó a un costado, con la espalda pegada a la pared.

Mauro tocó el timbre. Pasó un largo rato, y nadie abrió. Volvió a tocar. Ningún resultado. Antes de darse por vencido, insistió con un timbre más largo. Nada. Sin reflexionar demasiado, bajó el picaporte y la puerta se abrió.

—Hola, ¿hay alguien en casa? —llamó Mauro asomando la cabeza.

—Parece que no —comentó Pablo—. Mejor volvamos en otro momento.

Sherlock ya había desaparecido dentro de la habitación.

—Mauro, ¿estás loco? No podés entrar así —se asustó Pablo.

Por toda respuesta se oyeron ruidos y luego

un largo silencio seguido por una exclamación de Mauro.

—¡Pablo, vení a ver esto!

Incapaz de resistir la curiosidad, su amigo hizo lo que le pedía.

El interior del cuarto estaba casi vacío, a excepción de una cama de dos plazas con una colcha desteñida, algunas sillas, una mesa redonda y otra de fórmica donde descansaba la computadora. En cambio, había filas de cuadros apilados en el piso y de cara a la pared. Mauro, que sostenía uno de ellos en la mano, se lo mostró a Pablo con ademán triunfal. La tela pintada al óleo representaba una naturaleza muerta y en el borde derecho llevaba estampada la firma del artista Paul Cezanne.

—¿Te das cuenta? ¡El tipo falsifica obras de arte! —exclamó Mauro.

—¿Quién? ¿El pelirrojo?

Entonces Mauro empezó a dar vuelta los cuadros con frenesí y se los iba mostrando a su amigo.

—¡Mirá ése, y éste, y aquel otro!

Ante la vista de Pablo fueron desfilando coloridas telas que representaban paisajes, retratos campestres, naturalezas muertas y hasta grabados, todos firmados por célebres artistas: Degas, Monet, Morisot, Pissarro, Renoir, Sisley...

—Se especializa en pintores impresionistas, y lo hace rebien —comentó Mauro con aires de entendido—. El tipo es un verdadero artista.

Pablo desvió la vista hacia la computadora.

—Mirá, dejó abierto un e-mail. Seguro que ya debe estar por volver. Mejor que no nos vea aquí.

Pero ninguno de los dos pudo evitar leer el mensaje.

—¡Se citan en el cementerio! ¡Todo concuerda! Son los delincuentes y quieren presionar a Luz —se exaltó Mauro.

—Vamos, antes de que vuelva. Ya no necesitamos ver al pelirrojo.

De repente, empezaron a oírse pasos y voces en el corredor.

—¡A esconderse! ¡No podemos salir ahora! —lo urgió Mauro.

Asustados, buscaron refugio debajo de la cama de dos plazas y estiraron hacia abajo la colcha para que los cubriera.

Un grandote entró como tromba en la habitación; para su sorpresa, Mauro reconoció a su atacante de la Plaza San Martín. Pablo no estaba menos extrañado. "¡El artista cejijunto que vende cuadros en la plaza! El mismo que habló conmigo el otro día", se dijo. No terminaba de reponerse, cuando detrás del hombre entró una mujer rubia de aspecto angelical. "Su amiga Erika, la estatua viviente", pensó agitadísimo Pablo.

El ángel se dejó caer en una de las desvencijadas sillas, y exclamó:

—¡No doy más, Porky! Me duelen los pies. Este trabajo me mata.

Por toda respuesta, oyeron los ruidos producidos por el grandote al manipular cuadros en un rincón.

—¿Vos anduviste tocando mis cosas? —preguntó con su voz gruesa de matón.

—No. Preguntale a Ariel.

—Ya le dije que no manoseara las telas porque se arruinan. El muy estúpido se fue y dejó la computadora encendida.

—Habrá ido a comprar algo y vendrá enseguida. ¿Tomamos unos mates?

Debajo de la cama, reinaba la desesperación: Mauro y Pablo se preguntaban cómo escaparían de su escondite.

—Pavada de encargo. ¿Por qué tenemos que hablar nosotras con esa malhumorada? —protestó Inés mientras caminaban hacia el Palais.

Ya no podían volverse atrás; con el pretexto de estar haciendo un trabajo para el colegio, Adela había pedido una entrevista con la encargada de Relaciones Públicas... y le dijeron que sí.

—En eso quedamos —suspiró resignada—. No tenía ganas de discutir con Mauro. Cuando se le mete algo en la cabeza...

—Los noto medio raros a los dos. ¿Pasó algo entre ustedes?

—No te enojes, pero por ahora preferiría no tocar ese tema.

Antes de entrar en el Palais de Glace, Inés decidió ver los cuadros que estaban en exposición, mientras Adela hablaba con Hilda.

—Si es tan fiera como la pintan, yo no le voy a sacar ni las buenas tardes.

Resignada a la parte que le tocaba, Adela ató a Guardiana en un poste de luz de la vereda y le explicó como a un chico mimado que pronto la vendría a buscar. La dóberman puso cara de: "Mirá lo que me hacés", tironeó de la correa y le lamió las manos para conmoverla. Al ver que era inútil, se echó en el suelo y giró la cabeza en dirección contraria dándole la espalda, en pose de "Andate, desalmada".

La exposición de "Arte barroco y Siglo de Oro holandés", libre y gratuita, se había reabierto al público tras los días de cierre dispuestos por la Justicia. Adela e Inés entraron en el Palais mezcladas entre los numerosos visitantes. Recorrieron la inmensa sala circular de la planta baja y, pasado un buen trecho, atravesaron una arcada y un pasillo en el que desembocaban dos salas contiguas de menor tamaño con sendos cortinados que cubrían las paredes. En una de ellas se exponían cuadros de pintores del Siglo de Oro holandés como Lastman, Lievens, Isaacsz, grabados de Rembrandt: "Mendigo lisiado" y varios autorretratos, y otros de menor renombre y sin firma de discípulos de las distintas escuelas holandesas. En la siguiente sala se proyectaban algunas de las pinturas en primeros planos; una voz femenina en off explicaba al público las peculiaridades de cada detalle.

A la derecha de la sala de proyección, el pasillo terminaba abruptamente en una nueva profusión de cortinas.

—Papá me explicó que este lugar antes era un salón de patinaje, por eso tiene una distribución tan rara. El de la puerta dijo que acá atrás están las oficinas —cuchicheó Adela.

—Te espero en la sala de los pintores holandeses —dijo Inés. Y desapareció.

Adela corrió los pliegues del cortinado y descubrió que, efectivamente, el pasillo conducía a la trastienda del Palais, donde estaban las oficinas de la administración. En la primera había dos escritorios vacíos y otras tantas sillas desiertas. En la siguiente, un cartel escrito en computadora en una hoja de papel y pegado a la puerta anunciaba: "Departamento de Relaciones Públicas, Prof. Hilda González".

Armándose de valor, Adela golpeó dos veces. Un silencio sobrecogedor fue interrumpido por una voz severa:

—Adelante, está abierto.

Adela se quedó parada ante la mujer de rodete rubio y expresión desdeñosa, sin saber qué decir. Detrás de su escritorio, con los dedos posados aún sobre el teclado de la computadora, Hilda la examinaba inmutable a través de unos gruesos lentes.

—¿Necesitabas algo?

—Pedí una entrevista por teléfono, es para un trabajo que estoy haciendo para el colegio y...

Hilda la escuchó sin interés.

—No me dijeron nada. Bueno, está bien, ya que viniste te voy a atender, pero estoy muy ocupada, así que sé breve, por favor.

Buscó en sus cajones, sacó varios folletos, los distribuyó sobre la mesa y le fue explicando.

—Acá tenés información sobre los cuadros que se exponen en esta muestra, y en los demás hay datos de interés sobre el Palais.

Adela se quedó cortada, la mujer no daba mucho lugar a que se le hicieran más preguntas.

—¿Tienen expuestos cuadros de Rembrandt?

—Hay varios grabados en la sala del Siglo de Oro holandés. Si te das una vuelta, vas a poder apreciar ésas y todas las obras de la muestra. También proyectan un video sobre las mejores pinturas que están en el catálogo.

—Yo... vine el otro día, pero estaba cerrado. El policía de la puerta me explicó que habían robado aquí...

—Es cierto, sufrimos la pérdida de valiosas pinturas de una colección privada, y la muestra estuvo clausurada un par de días. Salió en todos los diarios.

cubillas
pez

Junín 1930
o historieta
19hs

Embajada Real
de los Países Bajos

Otra vez silencio. La mujer se puso los anteojos y echó un vistazo a la pantalla de su computadora como diciendo: "Tengo trabajo". Adela no sabía qué inventar. De repente sonó el teléfono. Hilda le hizo una seña ambigua, que podía significar que se fuera o esperara, y atendió.

Adela, que no quería irse con las manos vacías, presenció la conversación.

—¿Cómo? ¿Estás seguro de que...? Entiendo, veré lo que puedo hacer. ¿Cuándo y dónde es? Esperá que anoto.

Con trazo nervioso, Hilda escribió unas palabras en el primer papel que encontró sobre el escritorio.

—Sí, te voy a tener al tanto. Hasta luego —cortó la comunicación y empezó a buscar algo en un cajón.

Después volvió su mirada impaciente hacia Adela.

—¿Y? ¿Necesitás algo más?

—Fa... falta que me dé los folletos —contestó Adela, insegura.

La mujer los juntó con ademán nervioso y le dijo:

—Tomá, llevate éstos. Y ahora andá a recorrer la sala. Para hacer un buen trabajo, tenés que ver los cuadros —dijo con sequedad—. Y cerró la puerta al salir.

"...Por favor", pensó para sus adentros Adela, "¡Qué mujer más odiosa!".

Inés la esperaba impaciente en la sala de las pinturas.

—¿Cómo te fue? Ya iba a buscarte.

—Vamos, por el camino te cuento.

—No, esperá un poco. Antes de irnos quiero mostrarte algo.

Inés sacó de su mochila las fotos de los cuadros robados y se las dio a Adela.

—El otro día estuve mirando algunos cuadros de Rembrandt en Internet para compararlos con éstos y... se nota que son de sus discípulos. Compará este autorretrato, por ejemplo, con el del anciano de barba, o el de la lady . Mirá las expresiones del hombre: los ojos sorprendidos, la boca entreabierta como si estuviera diciendo algo, el ceño fruncido. Esta cara es real, te transmite cosas. En cambio el anciano... no tiene los ojos borrosos y, a pesar de las arrugas, le falta algo. Y la lady parece tan... estática. Nada que ver con el retrato de Saskia como Flora, lleno de vida, que encontré en una página web. Hasta yo, que no entiendo mucho, me doy cuenta. Todavía no me explico por qué se tomaron tanto trabajo para robarlos.

Adela observó las pinturas y, aunque no quiso desilusionar a su amiga, para ella no había grandes diferencias. En realidad prefería los paisajes o las naturalezas muertas; esos óleos, por más valiosos que fueran, no le decían nada.

Ya en la vereda, desató a Guardiana del poste de luz y mientras la perseguían –harta de tanta inactividad, la dóberman se había lanzado a cruzar la plaza al galope–, puso a su amiga al tanto de lo sucedido con Hilda.

—...Me despachó con estos folletos. No le pude sacar nada, y a mitad de la charla la llamaron por teléfono, se puso a anotar algo y cortó. Después me echó.

Inés dio un vistazo a los folletos, de repente se quedó con la mirada fija en uno, y casi gritó:

—¿La llamaron y se puso a escribir algo, dijiste? ¡Mirá dónde lo anotó!

Adela recibió el folleto que le extendía y leyó:

"Lunes, 17.30, mausoleo de Sarmiento, Recoleta".

La ansiedad los carcomía por dentro. Por distintos caminos, los cuatro habían descubierto lo mismo: algo siniestro se planeaba en el cementerio para el próximo lunes. ¡Y ellos no podrían estar! Moreno había sido terminante, y más después de saber que los chicos habían escapado por un pelo del inquilinato de San Telmo. A Mauro y a Pablo les costó un triunfo convencerlo de que no habían corrido peligro.

—Todavía no entiendo cómo salieron de debajo de la cama sin que la chica y el hombre los descubrieran —se había sorprendido Inés.

—A ese tal Porky lo llamaron por teléfono, y parece que era urgente porque le dijo que hasta la noche no volvía. Erika, furiosa con él, le contestó que se iba a tomar mate a lo de una vecina —explicó Mauro.

—Al salir, cerraron la puerta con llave. Pero, para mí, no fue un problema porque siempre tengo una ganzúa y un destornillador en el bolsillo

—dijo orgulloso Pablo—. Era una cerradura facilísima.

—Vos estás en camino de parecerte a Sherlock —le advirtió Inés.

—¿Acaso yo tengo la culpa de mis dotes para la investigación? —bromeó Mauro.

Los siguientes días, cuando no estaban los cuatro juntos, cada uno se entregó a distintos pasatiempos. Requeridos por el equipo de Cristian –que seguía con dos puestos vacantes– Pablo y Mauro volvieron varias veces a Pilar a tomarse revanchas futbolísticas.

Inés le dedicó horas a la práctica de canciones en su guitarra, y otras tantas a su trabajo de investigación sobre Rembrandt –ella era la primera sorprendida por los resultados–. Se empezó a escribir más seguido con Nico y le contó sus progresos musicales, pero eso no lo supo nadie.

Adela, a la que nunca antes le había costado distraerse sola, ahora se sentía perdida si no estaba con Inés o los chicos. Daba largos paseos en bicicleta acompañada de Guardiana y trataba de no pensar. Por momentos, se sentía completamente desorientada; había cortado con Mauro por propia iniciativa, ¿no? ¿Por qué al recordarlo se ponía triste y de mal humor?

Cuando se reunían en alguno de los dos departamentos para disfrutar de una película, escuchar música a todo volumen, o iban de picnic a la plaza si el sol radiante ahuyentaba el frío invernal, Mauro y Adela evitaban hablar a solas de su ruptura amorosa. Tampoco hacía falta, porque la investigación del robo era el tema recurrente, y una misma obsesión los desvelaba: la cita en el cementerio.

—¿No les parece extraño que todos los sospechosos hayan resuelto encontrarse en el mismo lugar? El pelirrojo, el de las erres, Hilda...

—Y que encima quieran que vaya Luz —intervino Pablo.

—Está claro: es una trampa. Pensarán secuestrarla o algo peor.

—Por suerte ella no escuchó el mensaje y no va a ir. Después Moreno nos contará lo que pasó. ¡Ojalá descubra algo que los incrimine!

El famoso lunes amaneció nublado y frío y, por distintas razones, el grupo se dispersó. Los chicos jugaban fútbol; Adela tenía que ir con su madre a comprarse ropa y no volvería hasta las seis.

Inés se encontró sola en el departamento con dos horas libres por delante. Sacó chispas a la guitarra durante un rato largo, después le llegó el turno a los videos musicales por televisión, y dejó los e-mails para el final. Tenía esperanzas de que Nico le hubiera respondido el último. Sin embargo, el único mensaje que entró, de alta prioridad y con copia a Adela, en su asunto decía: "Moreno, ausente con aviso".

Hola, chicos:
Me voy de viaje por uno o dos días. No voy a poder ir a la cita "que ya saben". No se preocupen. Los llamo apenas vuelva. Moreno.

Un aviso así, de último momento, echaba por tierra la investigación completa. ¿Nadie iría a esa cita? Los chicos no estaban... Adela todavía no llegaba... Inés tomó una decisión, pero no podía comunicársela a su amiga por e-mail. Si por alguna razón alguien la leía... "Mejor una nota", pensó, y escribió: "Adela, abrí un e-mail de Moreno y enterate. Me voy al mausoleo. Te espero allá. No me falles. Inés". Puso el papel en un sobre, lo guardó en un bolso, se cambió de ropa y salió.

Por el camino, dejó el sobre debajo de la puerta de servicio del departamento de su amiga, y se encaminó hacia el lugar de la cita.

Inés aprovechó para entrar en el Cementerio de la Recoleta junto a un grupo de turistas.

Una pollera larga, un chal de lana, el pañuelo comprado en la Feria puesto como vincha, unas botas negras y sus anteojos oscuros le daban aspecto de mayor edad. Cuaderno y birome en mano, mezclada entre tantos turistas de vestimenta informal o llamativa, ella parecía una más.

—Where are you from? —le preguntó una señora menuda y rubia de aspecto agradable con ganas de trabar conversación.

—México —dijo Inés sin comprometerse. Y aceleró el paso detrás del guía.

Apenas pudo, se despegó del grupo y echó un vistazo a su alrededor tratando de acertar con el camino. "Esto parece un laberinto. ¿Para dónde tenía que doblar?", pensó confundida. No tardó en encontrar el cartel que decía: "Mausoleo a Sarmiento" con su correspondiente flecha. Dobló a la izquierda y siguió en línea recta hasta el fondo; pasó dos o tres calles dejando atrás bóvedas suntuosas y otras más modestas y encontró un segundo cartel con la flecha de girar hacia la derecha, y uno más que indicaba volver a doblar a la izquierda. La tercera bóveda de esa calle correspondía a la de Sarmiento.

El monumento, menos importante de lo que imaginaba, estaba cercado por cadenas y custodiado por dos maceteros enormes con alicaídas palmeras. Inés comprobó que bastaba con subir a la base cuadrada (que no llegaba al metro de altura) y cruzarla para desembocar en el otro lado de la calle. "Lo único que tengo que hacer es esperar hasta que el hombre de las erres aparezca y observar el encuentro de este lado. Si alguien me persigue, puedo trepar, saltar la pared y salir corriendo por la parte de atrás". Además, Adela llegaría en unos minutos con Guardiana. Tras echarles un vistazo a los sospechosos, bien podrían seguirlos vigilando la salida del cementerio. "Y acá debe haber guardias nocturnos. Los delincuentes no podrán hacerme nada. Soy una turista más", pensó para infundirse coraje. Se sentó en un escalón a esperar con el cuaderno abierto y la birome en la mano.

A las seis menos cuarto, pasó un cuidador y la miró con curiosidad.

—Mirá que ya vamos a cerrar.

—Estoy haciendo un trabajo sobre Sarmiento para... Guía de Turismo, por eso quería ver bien la tumba y copiar lo que dice la placa.

—Si es así... pero no te demores mucho.

Tras decir esto, el hombre se encaminó hacia la bóveda de al lado, entró y volvió a salir con un ramo de flores marchitas que metió en una bolsa de residuos. Estaba por echar llave al cerrojo, cuando sonó un celular que llevaba a la cintura; guardó el llavero en el bolsillo y atendió.

—¿Sí? ¿Quién?... ¿Ahora?... No, ya terminé mi turno. Voy para allá.

Se fue muy apurado dejando la puerta sin llave.

Inés miró su reloj: faltaban cinco minutos para las seis. "¡Qué raro que no hayan llegado los sospechosos!", pensó echando un rápido vistazo al otro lado de la calle. Su cabeza funcionaba a mil por hora: el hombre de las erres estaría a punto de aparecer y ella... sin Mauro ni Pablo para identificarlo o defenderla en el caso de que no pudiera escapar. "Hice mal en venir sola. Tengo que buscar otro escondite donde ellos no me vean, y yo sí pueda espiarlos." La idea pasó como ráfaga, pero al principio la desechó: "Ahí no. Me daría un ataque". Sin embargo... era un escondite seguro, y el cuidador había dejado la puerta abierta. Además, si tenía mucho miedo siempre podía salir y buscar otro lugar. O volverse. ¿Adela tardaría mucho en regresar a su casa y encontrar la nota? Echó otro vistazo a la calle trasera: ni noticias de los delincuentes. ¿Ella y Guardiana podrían entrar después de las seis? ¿O tendrían que quedarse en la puerta?

De improviso, una silueta oscura apareció por la esquina. Él no podía verla a ella... todavía. Sin pensarlo dos veces, Inés abrió la puerta de la bóveda contigua a la de Sarmiento, se introdujo y, de cuclillas en el piso de mármol, se dispuso a espiar.

El hombre pasó delante de sus narices y se detuvo frente al mausoleo. Encendió un cigarrillo y fumó a grandes bocanadas mientras se paseaba nervioso entre cuatro baldosas; tiró la colilla al suelo y caminó unos metros como para recibir a alguien. Un pelirrojo se acercó a paso cansado, los dos se saludaron ceñudos, intercambiaron unas palabras y se acercaron a la puerta misma de su escondite.

—...mujerrr no vino. Me rrrecorrrí todo —cuchicheó el hombre de oscuro.

—Hace días que falta de su departamento. Lo averigüé.

—Ya habrrá oporrtunidad de ajustarrle cuentas. ¿Trrrajiste lo mío?

—¿Y usted?

—Una parrte. El rresto cuando la obrrra se venda a Canadá.

Tras un largo silencio.

—Usted gana. Hice lo convenido. Las dejé acá.

—Perrrfecto. ¿Dónde están?

Para horror de Inés, el pelirrojo señaló hacia el interior de la bóveda. Con rapidez de reflejos, gateó por el piso y bajó la escalera del mismo modo. Al llegar al subsuelo, oyó el chirriar de la puerta en medio de una discusión.

—...Dejaste la puerrta sin cerrarrr.

—Yo le puse llave. Habrá sido un descuido del guardián. Pero no se preocupe, están...

—¡Rrrápido! ¿Dónde?

—En el primer subsuelo.

—¡Vamos, entonces!

A Inés el corazón le dio un vuelco; miró con aprensión a su alrededor. Sólo había un lugar posible donde esconderse. En un segundo estante descansaban un cajón mediano, cubierto por una mantilla de encaje, y una urna de regulares dimensiones. En el rincón cercano a la pared, todavía quedaba espacio suficiente para albergar a una persona menuda. Se introdujo en el agujero y se tapó con la mantilla sobrante. "Espero no estar cerca del escondite de las pinturas", pensó temblando. El olor a flores rancias mezcladas con un aroma acre y desconocido casi la descompuso, pero se mantuvo firme en su sitio.

De pronto, se oyó la voz del pelirrojo.

—Yo con usted no bajo. Me espera acá. Total, si no le doy los cuadros, no me entrega mi parte.

—De acuerrdo. ¡Rrrápido!

Otra vez se oyeron los pasos del pelirrojo que llegaba jadeando al segundo subsuelo. Desde su refugio, Inés espió a través de la trama de encaje que la envolvía y lo vio por primera vez: daba vueltas en redondo, como desorientado. De repente, alzó la vista hasta donde ella estaba escondida y exhaló un grito ahogado que le heló la sangre.

Pasadas las seis, Adela llegó agotada después de una infructuosa tarde de compras. Todos los jeans le quedaban bolsudos o demasiado justos y, pese a la insistencia de su madre, no había querido comprarse nada.

Guardiana, echada en su cucha, terminaba de destrozar el sobre con la cuenta de la luz, y ahora mordía ávida la de agua. La madre tuvo que darle una medialuna de grasa para recuperarlos... en estado lamentable.

—¡Cuándo va a parar de comerse los papeles! —suspiró desesperada.

Ignoraba que la perra conservaba otro trofeo debajo de su manta: la carta de Inés, húmeda, hecha trizas y, por alguna misteriosa razón, todavía apetecible.

Adela, luego de chequear sus e-mails y leer el correo de Moreno, llamó a su amiga por teléfono. Nadie contestaba. Al igual que antes Inés, la idea pasó como rayo por su mente de detective, y ya no pudo pensar en otra cosa. Avisó a su madre que Guardiana necesitaba un paseo, y salió apresurada rumbo al cementerio.

Hilda caminaba apurada por la Plaza Intendente Alvear. Había tenido una tarde terrible con el papeleo de oficina para finalizar los detalles de la próxima muestra de "Arte joven". Parecía que los empleados de administración no podían hacer nada bien si ella no estaba encima dándoles indicaciones. Justo hoy que tenía que llegar a las seis al cementerio para cumplir con su parte del trabajo. Para peor, antes de salir no había podido encontrar el papel donde había anotado el lugar de la reunión. Sabía que era un monumento importante, ¿pero cuál? "Hay montones en la Recoleta. ¿Será el mausoleo de Facundo Quiroga, la bóveda de Manuel Dorrego, Bartolomé Mitre o Domingo Faustino Sarmiento?". En aquel momento estaba ocupada con esa mocosa que pedía folletos, y nerviosa de que se le escapara en voz alta algún detalle inconveniente de la conversación telefónica. Antes de salir, había revuelto los cajones sin poder encontrar el maldito papel con la anotación. "Menos mal que memoricé el día y la hora. Podría ser el monumento a Miguel Estanislao Soler". Hilda recordó que hacía poco había sido restaurado en el programa de revalorización de piezas históricas. "No, queda muy cerca de la salida", decidió. "Demasiado expuesto para un encuentro de ese tipo".

En la puerta del cementerio, un guardia casi no la deja entrar. Presentó su credencial del Palais y aclaró: "Cuando tenga que salir le aviso al sereno, estoy en misión oficial". El hombre se apartó. Ella sabía cómo frenar a la gente, no por nada todos la respetaban en el Palais.

Tras pasar por el vacío monumento a Soler, Hilda dio vueltas y vueltas y se perdió por las callecitas penumbrosas de la Recoleta buscando las otras bóvedas históricas, pero nada. Eran cerca de las siete cuando llegó, exhausta, al alejado mausoleo de Sarmiento. En los alrededores, todo era oscuridad y silencio. Le pareció oír un rumor cercano, ¿serían voces, pasos, el viento agitando las copas de los árboles...? A lo lejos divisó a un guardia que se dirigía hacia las oficinas. "Debe de ser mi imaginación. Si ellos vinieron, ya se han ido". Hacía frío y estaba decepcionada, sin ganas de seguir deambulando como un fantasma entre las bóvedas. Llamaría a su contacto para informarlo de la situación. Rebuscó en su cartera para descubrir, frustrada, que se había olvidado el celular en su escritorio. "Tenía una misión y fracasé en todo... por mala suerte". Hilda, que odiaba la incompetencia (y era incapaz de aceptarla en ella misma), se encaminó taconeando furiosa hacia la salida.

Una hora antes...

El guardia de la puerta había sido terminante.

—Ya cerramos, y además no se admiten perros.

A las seis y media de la tarde, Adela seguía vigilando la salida del cementerio mientras fingía pasear a Guardiana de una punta a la otra de la cuadra. No resultaba tarea fácil controlarla de la correa en pleno ataque de ansiedad por olfatear los desagües de la calle tapados de porquerías.

"Pensar que esos tipos deben estar adentro. Y yo estoy acá de campana", pensó. El destino se había complotado en su contra: Moreno de viaje, los chicos en Pilar, Inés que no estaba en su casa. "Al menos podré ver a los sospechosos cuando salgan y, con suerte, soltar a Guardiana para que los olfatee." Entusiasmada con la idea, Adela aflojó la presión de su mano pero reaccionó tarde: la perra ya corría suelta y feliz detrás de un dóberman marrón que apareció de la nada.

Le costó contenerse para no llamarla a gritos –una campana debería pasar inadvertida–, y tuvo que correr para alcanzarla. Por suerte, el dueño del dóberman, un chico de pelo oscuro y revuelto, la sostenía de la correa mientras Guardiana y su congénere se olfateaban afectuosamente.

—Por el recibimiento que se dieron, yo creo que ya se conocen —le comentó él con una sonrisa extendiéndole la correa—. Vértigo no es tan sociable con todas. ¿Hace mucho que la traés a esta plaza?

—Más o menos; acabo de mudarme. También la sacan a pasear unos amigos míos —contestó mientras miraba inquieta hacia la puerta del cementerio, no fuera cosa que saliera un pelirrojo y ella no lo viera—. Gracias por sostener a Guardiana.

—¿Estás muy apurada? ¿Y si los dejamos que jueguen un poco? Es relinda tu perra. El mío no es tan puro, pero zafa, ¿no? —dijo acariciándolo.

Adela sonrió enternecida. "¡Qué simpático es, y qué humilde para decir las cosas!". También pensó que era atractivo. Ella no podía entretenerse porque tenía una misión que cumplir, aunque tampoco quería ser grosera.

—Hoy estoy esperando a alguien. Otro día que se encuentren, los dejamos que jueguen —prometió para salir del paso.

—Seguro. Yo vengo todas las tardes con Vértigo. Vivo a cuatro cuadras.

Se despidieron con naturalidad, casi como dos viejos amigos.

Adela tiró de Guardiana, empacada por la obligada despedida con el dóberman marrón, y volvió a su puesto de vigilancia.

Había mirado de reojo la salida todo el tiempo. Aún así, cabía la posibilidad de que el de las erres y el pelirrojo hubieran partido sin ser vistos. "¿Y si vinieron y se fueron antes de que yo llegara, o la cita se deshizo?", pensó mortificada.

Soplaba un viento helado y cada vez costaba más mantener quieta a Guardiana que mordía su correa para tratar de zafarse. Adela estaba a punto de volverse a su casa, cuando la vio. Hilda, su sospechosa favorita, salía apurada. "No voy a perder esta oportunidad, resolvió. Más vale pájaro en mano que cien volando. El pelirrojo y el de las erres son una causa perdida". Adela se escabulló detrás de un auto, dejó pasar a la encargada de Relaciones Públicas del Palais, y la siguió a prudente distancia.

La mujer cruzó la Plaza Intendente Alvear, caminó apurada por la calle Ayacucho hasta llegar al Guido Apart, pasó el hotel de Moreno y se detuvo en el locutorio telefónico de la esquina.

Sin pensarlo, fue tras ella.

Adela murmuró frases afectuosas al oído de Guardiana —a veces le daba resultado, como si la perra entendiera que no tenía otro remedio que dejarla— y la ató a un poste de la luz. Guardiana protestó con dos ladridos cortos, pero después se echó a esperar. Decidida a cumplir con su objetivo, Adela entró en el locutorio y pidió una cabina alejada de la que utilizaba Hilda. Fingió llamar a un número y no conseguir, mientras espiaba el otro cubículo. Tras una comunicación corta, la mujer colgó, salió, pagó y desapareció. Adela no la siguió porque tenía una plan mejor.

—No me puedo comunicar —le explicó

en voz alta al chico de recepción—. Voy a probar desde acá.

Antes de que el otro se opusiera, ya estaba dentro de la cabina que acababa de dejar Hilda. Con el corazón agitado, oprimió la tecla de la memoria y en la pantalla aparecieron los números. Adela anotó el teléfono con precipitación en un papel y se lo metió en el bolsillo. Marcó y esperó con la boca seca, ansiosa por ver quién atendía y sin tener la menor idea de lo que iba a decir cuando eso sucediera. Al cuarto llamado...

—Triunfal, compañía de seguros. Habla Celia, en qué puedo ayudarlo —dijo una cálida voz femenina.

Con el pulso acelerado al máximo, Adela se sintió inspirada para iniciar la conversación:

—Hola, Celia, habla... la hermana del chico que estuvo hace dos días, para averiguar sobre un seguro de cuadros, para su tía que vive en Berlín.

Tras un silencio corto...

—¡Ah, sí! Ya lo recuerdo. Mauro, ¿no?

"¡Qué memoria para retener el nombre", pensó Adela celosa.

—Justamente: Mauro Fromm. Él está... en el dentista, cerca de ahí, y quería saber si el señor Robbotti lo podría atender... a última hora.

—Hoy va a ser imposible. Ya se está yendo a una reunión. En todo caso, decile a Mauro que me llame y trato de conseguirle una entrevista para otro día de esta semana. Salvo que prefieras dejarme su teléfono y lo llamo después de que consulte con el señor Robbotti.

"¡Más quisieras que te dé su número!", pensó Adela.

—Te agradezco, Celia, pero no te molestes. Mauro te va a volver llamar.

Adela se despidió y cortó la comunicación. "Por lo visto, él le cayó rebien. ¿Para qué se iba a tomar tantas molestias, si no?", pensó inquieta. En general esas cosas eran mutuas. ¿A Mauro también le habría gustado Celia? Turbada por este pensamiento, trató de alejarlo de su mente. Por fin había descubierto algo importante y prefería concentrarse en su nueva pista: Hilda le había hablado al agente de seguros y estaba por reunirse con él. ¿Robbotti y el de las erres serían la misma persona? ¿O habría alguna relación entre ambos? ¿El llamado al Palais para citarse en el cementerio también habría sido obra suya? Aunque cabía otra posibilidad: la mujer era la cómplice del de las erres, se *habían visto* en el cementerio y, por encargo de éste, ella había acordado una entrevista con el agente para negociar la venta de las pinturas robadas.

Era probable que en ese breve lapso en el locutorio, Hilda hubiera hecho otros llamados. Pero Adela no tenía forma de averiguarlo.

Para compartir sus novedades y sospechas, decidió hablar con Inés. Nadie atendió en el departamento de los Aguilar. "¡Qué raro! ¿Dónde podrá estar?".

—¡Cambiaron los cuadros de lugar!

El pelirrojo se encaminó resuelto hacia la caja, a escaso medio metro de donde ella se encontraba. Inés contuvo la respiración, paralizada de espanto ante cualquier movimiento que pudiera delatarla.

Resoplando como si estuviera bajo una gran tensión, el pelirrojo aflojó tornillos con una navaja, abrió la urna y de su interior extrajo dos cuadros de pequeñas dimensiones. Los protegió amorosamente con un pedazo de sábana y los puso en un portafolios. Volvió a dejar la urna donde estaba y saltó del estante.

A Inés le estallaban los pulmones, y una de sus piernas, acalambrada desde hacía rato, le dolía en forma insoportable. Al tratar de acomodarla... ¡pateó sin querer el cajón!

El pelirrojo se detuvo expectante en el suelo, la cabeza girada hacia su escondite. Inés cerró los ojos; gotas de transpiración le corrían por toda la cara. "Dios mío, que no me descubra", suplicó por dentro. Se oyeron pasos, y el de las erres hizo su entrada en el subsuelo.

—¿Qué ocurrre? Estás tarrdando mucho.

—¿Por qué bajó? Habíamos quedado...

—Mirrá ya me estoy harrtando.

—¡Shhh! Me pareció oír algo.

—Los muerrtos no hacen rruido. ¿Tenés las pinturrras?

—Sí. Usted vaya adelante, yo lo sigo.

Empezaron a subir por las escaleras.

Inés sintió que el ahogo cedía en su pecho, y empezó a sollozar; un llanto tibio y silencioso humedeció la mantilla y la estremeció entera. Ya no le importaban sus piernas acalambradas, ni el ritmo frenético de su corazón; casi no sentía miedo, sólo alivio y agradecimiento por no haber sido descubierta. Rezó una oración silenciosa, se secó la cara y respiró profundo tratando de serenarse. Necesitaba de todas sus fuerzas para salir de la bóveda sin ser vista.

Poco después, oyó los pasos que se alejaban y el ruido de la puerta al cerrarse. Los hombres se habían ido. Por prudencia, esperó todavía una media hora antes de resolverse a subir las escaleras.

Al llegar a la planta baja y tantear la puerta de la bóveda, casi se desmaya. ¡Estaba con llave!

"¡Encerrada en una bóveda!", pensó Inés inmovilizada por el espanto. Un puño subía y bajaba

de la boca de su estómago sin encontrar salida. Trató de sofocar esa angustia que no la dejaba razonar. "La peor parte ya pasó", se consoló. "Los que están acá no pueden hacerme nada". Su propia ocurrencia desencadenó una risa nerviosa que terminó en nuevos sollozos y un mar de lágrimas.

Minutos después, algo más calmada, Inés hizo funcionar su mente. Luego fueron sus puños y sus piernas, porque la emprendió a golpes y empezó a dar patadas contra la puerta. No obtuvo respuesta. Renovó el ataque. Nada. Estaba dispuesta a romper el vidrio de una ventana y a alertar con gritos a la guardia nocturna, cuando se lo impidió un rumor de pasos salvadores que se acercaban a la carrera.

—¿Quién está ahí? —preguntó una voz cascada. Por entre los barrotes de la puerta, pegada al vidrio, apareció la cara demudada de un viejo de uniforme gris que no podía dar crédito a lo que veía.

Por suerte el sereno traía su manojo de llaves.

A Inés le costó un triunfo explicarle por qué se había quedado encerrada en una bóveda. Lo hizo lo mejor que pudo, sin decir la verdad ni mentirle del todo.

—...Terminé mi visita al mausoleo de Sarmiento, oí un ruido, vi que la puerta estaba abierta y se me ocurrió bajar al subsuelo. Después quise salir y ya la habían cerrado.

—¡Qué ocurrencia, hija!

Tan condolido estaba el hombre de verla en semejante situación, que en lugar de someterla a un interrogatorio molesto empezó a disculparse y a darle respuestas.

—Seguramente cerró mi ayudante. Él es medio sordo y siempre se da una vuelta antes de terminar su turno. No te preocupes más. Quedate tranquila.

Minutos después, liberada y camino al departamento, aún en medio de la agitación y la angustia, Inés recordó una frase que había leído en alguna parte o que tal vez su padre le había dicho: "El miedo no se pierde, se vence". Sí, eso mismo acababa de pasarle a ella. Su miedo quizá la acompañaría siempre, pero al menos *esa vez* lo había vencido. ¡Y en qué situación! "Algo parecido me sucedió el año pasado, en Bariloche, cuando tuve que enfrentar el peligro y una tormenta, todo al mismo tiempo", recordó. "Entonces estaba Fernando. Y ahora está Nico, se retrucó. Al menos en mi pensamiento".

Aún intranquila, apuró el paso. Estaba ansiosa por reunirse con los demás, contarles las desventuras vividas y que, entre los cuatro, ahu-yentaran con palabras esa pesadilla.

En la puerta del departamento, se encontró con Adela y Guardiana. Inés abrazó fuerte a su ami-ga y se largó a llorar de nuevo. ¡Estaba tan conmocio-nada! Ya le contaría cuando llegaran arriba. En aquel momento, lo único que quería era que la consolaran.

Esa noche, cuando por fin estuvieron so-los y refugiados en el comedor diario –para que los padres de los Aguilar no sospecharan lo suce-dido, ella había pretextado un fuerte dolor de ca-beza, que en realidad tenía pero ya se le iba pasan-do–, Inés les contó los truculentos detalles de la cita entre sospechosos.

Fue la heroína del día; nadie podía dar crédito a su relato.

—¡Pobre! ¡Justo a vos te fue a pasar lo peor! Y nosotros jugando al fútbol en Pilar, como si nada.

—¿Cómo te pudiste aguantar ahí encerra-da? Hermanita, te felicito.

—¡Qué horror! Yo ni muerta me banco al-go así.

La aprobación, las muestras de afecto y las exclamaciones de sorpresa de los otros fueron un bálsamo para su ánimo herido.

—¡Estaba tan asustada, que ni siquiera

podía pensar en el miedo que tenía! —confesó todavía angustiada.

Después, Adela los puso al tanto de su
aventura con Hilda, y su posterior llamado a
Triunfal.

—Celia se acordaba muy bien de vos
—dijo y miró a Mauro de soslayo.

En lugar de responder, éste se levantó de
un salto de su asiento.

—Momento, por favor. Tantas emociones
juntas pueden hacer que me olvide de anotar algo
importante —dijo haciéndose el distraído, y fue a
buscar la libreta de apuntes.

El resumen de pistas, sospechosos y tareas
se hizo en colaboración con los demás detectives.

ROBO EN EL PALAIS DE GLACE

SOSPECHOSOS
El de las erres y/o Robbotti
El pelirrojo
Hilda
Porky y Erika

DESCUBRIMIENTOS
1. *El de las erres y el pelirrojo, ambos cómplices, se encuentran en el mausoleo de Sarmiento.*

2. *El segundo entrega al primero las pinturas que estaban escondidas en la bóveda de al lado y recibe la mitad de su paga. El resto vendrá cuando el de las erres concrete el negocio en Canadá.*

3. *Hilda es vista por Adela a la salida del cementerio después de la seis, pasa por el Guido Apart, se encamina hacia una cabina telefónica y llama a Robbotti. Está casi confirmada la reunión entre ellos.*

HIPÓTESIS Y POSIBILIDADES

1. *Hilda está involucrada en el robo. Llegó tarde a la cita de los sospechosos, por eso no pudo participar.*

2. *El de las erres y Robbotti son la misma persona.*

3. *Hilda no lo encontró en el cementerio, fue a una cabina telefónica y lo llamó desde allí.*

TAREAS PARA LOS DETECTIVES

1. *Buscar a Porky y a Erika para dar con el pelirrojo.*

2. *Descubrir el paradero de Luz. Debe hablar con Moreno y confesar lo que sabe.*

3. *Seguir la pista de Hilda.*

4. *Comunicarse con Moreno apenas llegue y ponerlo al tanto de los últimos acontecimientos.*

—Tenemos varias tareas pendientes para cumplir entre mañana y pasado. ¡Me gustaría que

Moreno ya estuviera acá! Parece un caso resuelto, aunque si se lo piensa bien... el de las erres y el pelirrojo no mencionaron nunca el nombre de las pinturas; Inés tampoco vio los cuadros escondidos en la urna... —observó Mauro.

—¿Y si en estos dos días el de las erres desaparece definitivamente con las pinturas? ¿Qué pasa si el pelirrojo también se esfuma? —preguntó Pablo.

—El de TAODA querrá cobrar su parte, y el otro no va a desaparecer dejando a un cómplice furioso que pueda denunciarlo —apuntó Adela.

—Y a una testigo tan peligrosa para ellos como es Luz —añadió Inés.

—Tenemos tiempo hasta que el de las erres concrete su negocio en Canadá. Para mí, el personaje clave es Robbotti. Seguro que está involucrado en esa venta. Tendría que volver a su agencia. Por suerte me hice bastante amigo de la recepcionista —dijo Mauro.

Como no perdía las esperanzas de que Adela lo siguiera queriendo, la miró de reojo para comprobar si su comentario tenía algún efecto.

Adela, a la que no se le escapaba nada, trató de aparentar indiferencia. Total, él no podía adivinar sus pensamientos: "Habla demasiado de ella. Yo tenía razón: le gustó".

—Falta investigar a Porky y a Erika. Ellos también están metidos en esto. Al menos, él —intervino Pablo.

—El negocio de falsificación de cuadros puede ser la punta de otra madeja —agregó Mauro, desilusionado por la falta de reacción de Adela, y a la vez ansioso por acaparar su atención.

Pero ya nadie tenía ganas de seguir barajando hipótesis. Especialmente Inés, aún conmovida por esa tarde de terror en la Recoleta. Mañana sería otro día y, después de una noche de sueño apacible, todos, –Inés incluida siempre y cuando no la despertaran las pesadillas–, estarían listos para cumplir con sus tareas detectivescas.

—Yo me encargo de tantear a Erika o a Porky en su puesto de la Feria. Alguno de los dos me va a llevar hasta el pelirrojo —aseguró Pablo.

—Robbotti es mi responsabilidad —reiteró Mauro.

—Esa Hilda no se me va a escapar de nuevo —dijo Adela.

—Yo... puedo tratar de encontrar a Luz y convencerla para que hable con Moreno apenas vuelva. También quiero seguir con mi trabajo sobre Rembrandt. Como le conté a Adela, esos cuadros esconden algo. Si los robaron es porque tienen más valor de lo que parece —decidió Inés.

Esa noche, cada uno se durmió pensando en que le había tocado una tarea difícil y en cómo se las arreglaría para cumplirla.

23
LA MISIÓN DE PABLO

El mediodía del martes tuvieron un veranito anticipado; pese a estar en pleno julio amaneció soleado y con una temperatura agradable. Para emprender su misión debidamente metamorfoseado, Pablo había decidido aprovechar la inhabitual mansedumbre de Inés (sensibilizada por su encierro del día anterior) y asaltar con autorización su ropero: una camisa floreada, una campera de corderoy verde y un pañuelo a rayas de su hermana se complementaban a la perfección con el rescate de unos jeans rotos y desteñidos que su madre había condenado a la bolsa de los trapos.

Ante la mirada divertida del encargado, salió convertido en un hippie como los tantos que circulaban a diario por la Plaza Intendente Alvear. A diferencia de aquéllos, Pablo llevaba el teléfono móvil en el bolsillo. Habían acordado con Mauro dejarse mensajes en los celulares o en el contestador del departamento, para no perder el contacto y prevenir cualquier contingencia.

Fue una suerte llegar a la plaza y verlos a los dos. En los canteros de la esquina dedicada a la exposición de acuarelas, retratos y otras obras artísticas, Erika se preparaba para iniciar su número de estatua viviente, y Porky, firme al frente de su puesto de cuadros, aguardaba a posibles clientes. Antes de salir, Pablo no había tenido que exprimirse demasiado el cerebro pensando qué excusa ponerle al cejijunto para que largara prenda sobre el paradero del pelirrojo (¿seguiría viviendo con ellos?). Bastó pensar en la visita a la empresa TAODA, para que la idea surgiera como por encanto. Se preguntaba si, al haberlo visto en la plaza una vez, lo reconocería. Aunque su aspecto de ahora era distinto y no traía a Guardiana.

Esperó a prudente distancia hasta que el ángel iniciara su acto, y se acercó al puesto con el discurso preparado de antemano.

—¿Usted es Porky?

El hombre asintió algo sorprendido.

—Disculpe. Estoy buscando a Ariel y él me dijo que a veces andaba por acá. ¿Sabe dónde lo puedo encontrar? Fuimos compañeros en TAODA pero hace tiempo que no lo veo; quería decirle algo.

—No tengo idea de por dónde anda. Cuando termine la presentación, podés preguntarle a su hermana —contestó Porky con indiferencia, señalando a Erika.

—Es quee... —bajando la voz—. Tengo una fija para él, ¿entiende? Creo que preferiría que le cante el número sin que ella se entere.

—Ni siquiera sé tu nombre —dijo el otro con desconfianza.

—Me llamo Tito. Con Ariel y Javo trabajábamos juntos...

—A Javo lo tengo, pero a vos nunca te oí nombrar.

—Es que ahora estoy viajando al interior.

—Podés darme el mensaje a mí, si querés. A veces viene por casa o se cae por el puesto. Yo le aviso.

—Entonces no sé... hay que jugarle al quinientos cinco, y tiene que ser hoy antes de las tres de la tarde. El premio lo vale. Ariel va a entender.

Porky esbozó una sonrisa y ambos se despidieron.

Sin perder un minuto, Pablo entró en La Biela y se dispuso a esperar tomando una gaseosa. Tenía una corazonada.

A las dos de la tarde, el hombre cerró su puesto y abandonó la plaza a paso rápido. Pablo lo vio abordar un Renault viejo, en la playa de estacionamiento pegada al cementerio. Entonces, él paró un taxi y dijo algo que siempre había deseado:

—Siga a ese auto, por favor.

Le costó poco satisfacer la curiosidad del taxista sin comprometerse.

—Es un pintor que hizo un trabajo. El cliente no quedó del todo conforme, y como no dejó su dirección...

El cuento sonaba bastante verosímil; el chofer, sin hacer más preguntas, fue con discreción detrás del Renault; primero, por la avenida Del Libertador y después, por Alem y Paseo Colón.

El viejo Renault se internó por la zona sur de la ciudad. Ya en San Telmo, tomó la calle Chacabuco y frenó a la altura del mil trescientos, frente a una obra en construcción abandonada, oculta a medias por una tapia de chapas.

Pablo bajó del taxi en la esquina. Parapetado tras un árbol, llamó al celular de Mauro. Estaba el contestador; dejó un breve mensaje y borró el número de la memoria del aparato. Si lo atrapaban, no quería que nadie tuviera ese dato de su amigo. Tales eran sus nervios, que sentía el pañuelo como una soga al cuello. Se lo sacó y lo guardó en el bolsillo. Tras una espera de quince minutos, decidido a jugarse por entero, entró en la obra en construcción.

Enseguida observó que los fondos del terreno se comunicaban con otra propiedad a través de una puerta precaria. Se dirigió primero hacia allí a investigar. Ya del otro lado, no tardó mucho en comprobar donde se hallaba: el inquilinato de San Telmo donde vivían el pelirrojo, Erika y Porky. ¿Se habría metido este último por allí? Se disponía a retroceder cuando vio una silueta oscura avanzar por el pasillo, directo hacia donde estaba él. Pablo se escondió detrás de una pila de materiales, y esperó. El pelirrojo apareció en escena, traspasó la precaria puerta y fue hacia la obra en construcción. Pablo dejó pasar unos minutos, y lo siguió.

En el centro del terreno, la parte techada correspondía a un local derruido, rodeado de ventanas; sólo dos de ellas tenían vidrios cubiertos por hojas de diarios. Aunque la puerta estaba cerrada, desde las aberturas se escapaba un rumor de voces. Pablo caminó agachado y, en cuclillas sobre el piso de cemento, aguzó el oído.

—...no entiendo... Mejor lo llamo a la empresa y le pregunto.

—¡Ni se te ocurra! Puede ser peligroso —el artista alzó la voz—. Dejame, yo voy a averiguar. Y, ¿qué pasó anoche? ¿Dónde está la guita? Si pensás cortarte solo...

—El tipo dijo que no hay más plata hasta que se concrete la venta. Tuve que entregarle los cuadros para que me adelantara otra parte.

Del otro lado se oyeron insultos, y el fragor de una pelea.

—¡Pará! ¡Pará! Toma cuatrocientos de lo que te debo —dijo el pelirrojo con voz quejosa.

—¿Para qué le diste las dos pinturas? ¿Qué datos tenés del hombre?

—Ninguno. Todas las veces que lo vi tenía un aspecto distinto. Él se pone en contacto conmigo; ése fue el arreglo. Antes de perder el celular me llamaba él, ahora me manda e-mails. Puedo rastrear la dirección.

—¡Eso no sirve! Por ahí tiene un cómplice dentro del Palais y no te lo dijo. El chico que vino a buscarte hoy, me juego que sabía... Voy a tratar de averiguar algo con mis contactos. Vos te guardás en el lugar de siempre mientras finiquito el asunto. Ese tipo sabe de nuestro negocio; las últimas operaciones hicieron ruido en el ambiente. A partir de ahora me ocupo yo.

—No podés dejarme afuera. El hombre me conectó a mí en la Feria. Arriesgué el pellejo. No fue fácil...

En aquel momento, una moto que circulaba

por la calle con el caño de escape libre tapó la voz del pelirrojo.

Del otro lado de la ventana y ansioso por seguir oyendo, Pablo acercó demasiado la cara al vidrio y... ¡sin querer desprendió una hoja de diario! Atinó a agacharse enseguida, se lastimó la frente contra una arista de la ventana y de la herida brotó un poco de sangre que él contuvo con su pañuelo. Porky y el pelirrojo vieron el hueco desnudo y salieron como estampida.

Pablo corrió por el largo pasillo hacia la calle; sentía el cuerpo entumecido por la postura anterior y le dolía la frente por el corte. En medio de la oscuridad de la obra, tropezó con unas maderas y trastabilló. Porky se le vino encima, lo golpeó en el estómago y un dolor punzante le nubló la vista. A Pablo se le aflojaron las piernas, vio todo negro y cayó como fardo al suelo.

24
La misión de Mauro

Celia demoró en abrir; al ver a Mauro, le dedicó una cálida bienvenida.

—¡Hola, qué sorpresa! Tu hermana me dijo que me ibas a llamar por teléfono para hacer una entrevista. ¡Qué pena!, justo hoy Robbotti no va a estar en toda la tarde —se condolió.

Mauro observó que, pese a la forzada sonrisa, tenía los ojos enrojecidos como si hubiera estado llorando.

—Estaba cerca, así que decidí pasar. A lo mejor vos me podés ayudar... —se interrumpió—. ¿Te pasa algo, Celia? ¿Estás bien?

—No te preocupes. Es... por mi trabajo —pareció dudar, y luego se franqueó—. Me despidieron. Me voy a fin de mes.

—Lo siento mucho. Estoy seguro de que no te lo merecés.

—Te agradezco, pero ya estoy mejor. Igual no me sentía cómoda acá —hizo una pausa—. Decime qué necesitás, si te puedo ser útil en algo...

—Gracias, Celia, necesito información sobre un tipo de seguro. No sé si ustedes lo hacen. Te explico: ahora mi tía quiere tomar una póliza por dos óleos y un dibujo de Rembrandt durante el tiempo que dure su viaje de Berlín a Buenos Aires. Podría mandarles por fax los certificados de autenticidad revisados por el consulado, y estaría dispuesta a hacer un seguro inferior a su valor para que no salga tan caro. Como es por poco tiempo...

—Justamente hicimos una póliza parecida...

"Por los cuadros que robaron en el Palais. Eso ya lo sé", pensó Mauro. "Necesito otros datos...".

—¿Siempre ven primero los cuadros? Digo... porque en el caso de mi tía, ella podría mandar los certificados. ¿Tiene que revisarlos un experto conocido de ustedes?

—Los cuadros que aseguraron para el Palais, por ejemplo, ya habían sido revisados, y estaban certificados. El señor Brunnet mandó con el sobrino todos los papeles a nuestro representante en Bariloche que actuó de intermediario.

—¿Conocés al experto que los revisó? A lo mejor él me podría orientar más sobre otros documentos que se necesitan, y qué trámites tengo que hacer para que a mi tía la dejen ingresarlos en el país.

—Esos datos los tiene mi jefe —se quedó pensando—. Mirá, como no le andaba el celular, me dejó el teléfono del lugar donde iba a estar por si se presentaba algún caso urgente. Si querés, lo llamo y le pregunto...

—No, mejor no. La otra vez me trató bastante mal. Está bien, no te preocupes, ya me las voy a arreglar —dijo Mauro con cara de víctima.

—¡Esperá un minuto! A lo mejor el nombre del experto que los certificó figura en la póliza. La voy a buscar —decidió Celia conmovida.

Apenas desapareció, Mauro echó un rápido vistazo al papel donde ella tenía anotado el número telefónico de Robbotti.

Después de un rato de abrir y cerrar cajones, Celia volvió trayendo la carpeta que Mauro apenas había revisado la última vez.

—Acá hay una copia del certificado, y dice quién lo firmó. Fijate, y no le vayas a decir a nadie que yo te lo mostré.

Mauro le echó un rápido vistazo a la carpeta; tomó nota del nombre del experto: César Tránsito, que había revisado las pinturas, y los datos de su dueño: Pierre Brunnet. A lo mejor podía dejarle un mensaje a Moreno allí. La cosa se estaba poniendo movida, y no veía la hora de comunicarse con él (el celular de Mauro indicaba fuera del área de servicio, y el ex comisario seguía ausente con aviso).

—Muchísimas gracias. Y no te preocupes por lo otro; estoy seguro de que vas a conseguir algo mejor. Ese tipo no se merece una empleada como vos.

Celia sonrió halagada.

—Si sabés de algo, avisame... —se esperanzó.

Y se despidieron con un beso en la mejilla, como dos buenos amigos.

Mauro sacó su celular del bolsillo y, con preocupación, comprobó que tenía poca señal, algo estaba fallando en la batería. Fue al telecentro más próximo y se metió en una cabina. Marcó con precipitación el número del experto, con característica de Belgrano, y esperó sobre ascuas el resultado de su pesquisa. Una mujer atendió y le explicó que César Tránsito ya no ocupaba más esas oficinas desde hacía meses. Ante la insistencia de Mauro...

—No sabemos nada. Lo lamento.

Al siguiente número telefónico, nadie contestó. El tal Brunnet, dueño de las pinturas y cliente de Moreno, no estaba en casa...

Por inercia, Mauro marcó el número que había dejado Robbotti por si se presentaba algún caso urgente. Llamó varias veces, al final contestó una voz masculina.

—Guido Apart. ¿Con quién quiere hablar?

—¿El señor Robbotti está?

—¿Sabe el número de habitación?

Mauro explicó que todo lo que sabía era que estaba allí, en una reunión.

—Le comunico con el bar.

Mauro insistió en hablar con el agente y, tras esperar unos minutos, lo atendió una mujer.

—El señor Robbotti estuvo conmigo y ya se fue para su oficina.

—¿Podría dejarle un mensaje con usted? Es importante. ¿Quién habla, por favor?

—Mi nombre es Hilda, pero le dije que él ya se fue. Háblele a la oficina.

—Bueno, gracias. Hasta luego.

Mauro cortó. "¿Robbotti tenía una cita urgente con Hilda esta misma tarde en el Guido Apart?, pensó intrigado. Esto es más que sospechoso. No entiendo por qué eligieron precisamente ese lugar. ¿O Moreno habrá resuelto hospedarse ahí para seguirles la pista?". Cada vez más confundido, resolvió regresar al departamento para compartir con Pablo sus dudas y descubrimientos. Era raro que su amigo no lo hubiera llamado en toda la tarde a su celular. "¡Claro, si no tenía señal!". Preocupado, Sherlock chequeó los mensajes del contestador... y sí, había uno urgente.

—Habla Pablo, son las dos y media, estoy en Cochabamba entre Perú y Chacabuco, a la vuelta del inquilinato de San Telmo. Seguí a Porky en un taxi y creo que me trajo al escondite del pelirrojo: una obra en construcción. Voy a entrar ahora a echar un vistazo.

Sherlock miró la hora en su reloj pulsera: las cuatro. Pablo debería estar regresando a su casa... Llamó al departamento, y nadie contestó. "¿Y si le pasó algo? No puedo quedarme acá esperándolo. Tengo que ir... pero acompañado", pensó. Con la amenaza de Porky en la Plaza San Martín había sido suficiente, no tenía intenciones de repetir la experiencia. Pablo se había arriesgado demasiado al entrar solo. ¡Lástima que no estuviera Moreno! ¿A quién llamar? Súbitamente inspirado, buscó en su agenda el número de la agencia de remises.

A los cinco minutos, Gino estaba en la puerta del locutorio. Mauro subió al auto y le dio la dirección. Antes de llegar a la esquina, ya le había explicado lo sucedido pidiéndole la máxima discreción.

—Mi boca está sellada, no te preocupes. Espero que a tu amigo no le haya pasado nada. ¿Te dije que yo, de joven, fui policía? Me retiré porque el estrés me afectaba la salud, pero la vocación la llevo en la sangre.

Enardecido con el pensamiento, lo transportó hacia San Telmo a toda velocidad.

En la obra en construcción reinaba el más absoluto silencio. Mauro y Gino recorrieron la planta sin encontrar a nadie. La derruida oficina estaba vacía y los vidrios tapados por diarios, a excepción de una ventana que mostraba un espacio al descubierto. La hoja, retenida en el suelo por unas tablas, flameaba en la corriente de aire.

—Voy a revisar detrás de esos andamios —anunció Gino.

Mauro encendió su linterna y se puso a examinar con detenimiento el suelo alrededor de la oficina. Quizá Pablo había estado allí más temprano y ahora regresaba a su casa o se dirigía a algún otro lado. Ya que se encontraba ahí, decidió que no se iría sin echar un buen vistazo. El piso se veía limpio por partes, como si lo hubieran barrido a desgano, y la hoja de diario se agitaba indómita ante sus narices. Mauro se agachó a examinar la tabla de madera, la dio vuelta y... enganchado en un clavo encontró el pañuelo a rayas que Pablo le había pedido prestado esa mañana a Inés... ¡Manchado de sangre! Con el corazón desbocado, corrió en busca de Gino.

Dejaron el auto en la esquina del inquilinato donde la misma señora de vestido floreado y chancletas barría con vigor la vereda de su casa, como si no hubiera dejado de hacerlo desde la visita de los chicos.

La puerta de calle estaba entreabierta. Recorrieron el largo corredor dispuestos a poner en práctica el plan trazado durante el camino.

Mauro esperó escondido detrás de las escaleras, mientras Gino tocaba el timbre. Desde adentro se oyó un "ya vaaa" destemplado. Al rato, asomó la cabeza de Erika. Ese día no tenía aspecto de ángel.

—No es forma de llamar. ¿A quién busca? —preguntó de mal talante.

—A su hermano. Soy de la policía. ¡Agente Gino Salvattore!

—Él no vive más acá.

—Pero vivía. Déjeme entrar, tengo que hacerle unas preguntas.

—En este momento no puedo. Vuelva más tarde.

—Muy bien. Entonces haré que la citen en la comisaría, y no cuente con que le renueven su permiso en la Feria —amenazó Gino con voz potente.

La mujer entreabrió la puerta de mala gana, y puso la cadena.

—Las preguntas que quiera hacer me las hace acá. Usted a mi casa no entra.

Como un fardo inútil, maniatado y amordazado, Pablo fue a dar con sus huesos en el baúl del Renault. Semiasfixiado y en medio de la oscuridad, su cuerpo se tambaleaba al compás de una marcha incierta por calles desconocidas. La herida de la frente ya no sangraba, pero el estómago aún le dolía por el golpe de Porky. Estaba vivo y coleando... todavía. ¿Adónde lo llevaban? ¿Qué harían con él? Pablo no lo sabía. Aturdido por el pánico, trataba de ilusionarse pensando que esos dos tipos eran ladrones de cuadros, no asesinos. ¿Y el de las erres? Ellos podían entregarlo al cerebro del robo para que hiciera con él lo que le diera la gana.

Se sentía al borde del desvanecimiento, en posición forzada, preso del terror y la falta de aire, cuando el auto se detuvo. Porky –el pelirrojo ya no estaba con él– lo sacó a empellones del baúl. Pablo parpadeó ante la luz y supo, por fin, dónde se hallaba: una playa de estacionamiento bajo techo.

En sus perímetros había varios vehículos y un camión donde se leía la sigla TAODA. Sin pronunciar palabra, Porky lo llevó a la rastra y lo metió a la fuerza dentro del furgón.

—¿Qué va a hacer conmigo? —se animó a preguntar Pablo.

Por toda respuesta, el matón lo obligó a acostarse boca abajo, le ató los pies con otra soga, ajustó la mordaza, se fue y lo dejó allí encerrado con llave. Solo, incomunicado –lo habían despojado del celular– y sin su mochila con herramientas, Pablo se sintió perdido. Las lágrimas brotaron sin control y lo sacudieron los sollozos. Tras el desahogo, intentó pensar en una idea salvadora. "Si Mauro escucha mi mensaje, va a esa obra y no me ve, algo se le ocurrirá", se esperanzó. Forzó los ojos para acostumbrarse a la oscuridad y echó un vistazo a su alrededor. A excepción de un sector donde se apilaban unas cajas de embalaje, el resto del compartimiento estaba vacío. Pablo se arrastró por el piso para intentar llegar hasta ellas.

Resultaba lento y difícil avanzar atado de pies y manos y, a la vez, doloroso porque el suelo irregular del furgón estaba sembrado de vidrios molidos y clavos que se hundían en la piel a través de la ropa. Su voluntad pudo más, logró alcanzar las cajas y voltear una; cayeron papeles y dos trozos de alambres oxidados. "Con éstos podría tratar de abrir la puerta... si tuviera libres las manos", se angustió Pablo. Las siguientes dos cajas estaban vacías; al dar vuelta la última, un vaso estalló contra el suelo. ¡Era su oportunidad! Empujó el trozo más grande de vidrio con los pies hasta sujetarlo contra una esquina y, adoptando una postura encorvada, pudo arrimar las manos y frotar en una arista las sogas. Sangró por los cortes en las muñecas; sudó por el esfuerzo continuo, y derramó lágrimas de dolor hasta que logró liberarse. Se despojó de la mordaza, la utilizó para vendar los tajos superficiales causados por los roces del vidrio y se desató las piernas acalambradas. "Ahora, a abrir la puerta del furgón", pensó más calmado.

Sus esfuerzos fueron inútiles, no pudo. Si lograba hacer girar el alambre dentro de la cerradura, enseguida se cortaba por el tramo más débil y le costaba otro triunfo extraer los pedazos y empezar de nuevo. Probó varias veces sin resultado hasta que se terminaron los alambres y perdió toda esperanza. "¡Si tuviera mis herramientas!", se dijo dolorido. Sin ellas, de poco le servían sus conocimientos de cerrajero. Aterido de frío, lastimado y exhausto, se quedó adormecido entre las cajas.

Al amanecer, repentinamente el lugar se pobló de ruidos, pasos y voces. Pablo despertó de su letargo y espió por la ventanilla. Dos jóvenes entraban en la playa de estacionamiento: uno de ellos era el pelirrojo; el otro, desconocido para él, llevaba el uniforme de la empresa TAODA. Fueron directo al camión donde estaba Pablo y arrancaron.

La marcha interminable por calles plagadas de baches, a una velocidad inusitada para un vehículo de reparto, fue un suplicio. Encerrado en ese furgón maloliente, recordó otro momento parecido, en Palermo Viejo, cuando un ladrón peligroso lo había transportado, sin saberlo, en el mismo flete donde secuestraba perros de raza. "Nunca pensé que viviría otra vez una pesadilla así", se desconsoló. ¿Qué hacer? Pablo decidió esperar a que el camión aminorara o detuviera la marcha y tratar de escaparse por su cuenta.

El viaje finalizó cuando el vehículo hizo un giro y empezó a retroceder. Pablo espió por una hendija y pudo ver que entraban en un galpón de chapas, con un terreno vacío al frente. A su izquierda, un tapial bajo, que tenía una puerta de tablones, daba a una vivienda precaria y antigua con frente de cemento y ladrillos.

En el galpón había decenas de cajas de embalaje cerradas. Pablo se preguntó qué tendrían allí. ¿Sería ése el aguantadero donde se reunían Porky y los otros, y guardaban su mercancía robada?

No había podido salir de su encierro y ahora estaba en manos de los delincuentes. Cuando abrieran el furgón, ¿tendría la oportunidad de escaparse? Pablo respiró profundo y, en estado de alerta, se dispuso a esperar.

La puerta se abrió de repente y la luz de la mañana le dio de lleno en los ojos. No tuvo tiempo ni de moverse. El pelirrojo y el empleado de TAODA lo sacaron sin contemplaciones y lo mantuvieron sujeto por los sobacos mientras hablaban entre ellos como si él no existiera.

—Porky me dijo que lo traía atado —exclamó el pelirrojo.

—Voy a buscar una soga —dijo el otro.

—Esperá, Javo —el pelirrojo sacó su sevillana del bolsillo—. Antes quiero hacerle unas preguntas a este vivo —y apuntándole al cuello...—: ¿Por qué nos andás siguiendo? ¿Para quién trabajás?

—¿Qué? Yo entré en esa obra a dormir; ustedes me golpearon y me encerraron acá sin razón. Ahora déjenme salir.

—No te hagas el estúpido. Hablaste con Porky en la Feria, te hiciste pasar por Tito y le mandaste un mensaje para mí.

—No es cierto. Yo no fui. Me estará confundiendo con otro.

—Más vale que abras la boca y cantes, porque si no te la vamos a abrir a trompadas —se enojó Javo retorciéndole el brazo.

Pablo contuvo un grito de dolor.

—Vamos a ablandarlo. Después veremos qué hay que hacer con él —el pelirrojo avanzó; tenía un brillo siniestro en sus ojos oscuros.

26

Adela da un paso en falso

"Esa Hilda no se me va a escapar de nuevo", pensó Adela mientras arrastraba a Guardiana por Plaza Francia a marcha forzada hacia el Palais de Glace. Hubiera preferido ir en compañía de Inés, aunque ella tenía otros planes.

—Quiero ir al departamento de Luz. A lo mejor encuentro un número donde ubicarla, si es que tiene celular. O quizá me dejó algún mensaje.

—Está bien, pero cualquier problema llamame. Acordate de lo que te pasó ahí la última vez que estuviste —le advirtió.

—Ruidos... una maceta caída... Creo que exageré un poco... Seguro que fue mi imaginación. Lo que me pasó el otro día sí resultó de terror...

Una hora antes de salir, Adela había averiguado por teléfono –sin darse a conocer y con el pretexto de pedir folletos para su colegio– que ese día la encargada de Relaciones Públicas atendía en su oficina del Palais hasta las cinco. Llegar allí le llevó más tiempo de lo que pensaba, porque Guardiana estaba encaprichada en corretear por donde no debía y plantarse en el pasto cuando ella iba embalada. Últimamente se resistía a la correa, quería andar suelta y se mostraba bastante reacia a obedecer las órdenes de su dueña. El departamento le había estropeado un tanto el carácter y protestaba con aullidos cortos como si hablara.

—¡Basta de quejarte y poner cara de mártir! Tenemos que hacer algo importante. No me vas a conmover —la retó Adela en voz alta, acostumbrada a hablarle como a una persona y a que Guardiana, a su manera, entendiera por el tono lo que se le decía.

Le costó otro triunfo mantenerla quieta mientras esperaba, firme en un banco de la plaza de Posadas, hasta las cinco y media. A esa hora, vio salir a Hilda del Palais, cruzar la calle y caminar con la cabeza erguida y el paso rápido por Schiaffino. Aún desde lejos, le pareció la imagen de la arrogancia, y pensó que no le gustaría nada estar en el lugar de sus empleados. Adela la siguió de cerca, con la casi seguridad de saber hacia dónde se dirigiría. ¿Acaso Mauro no los había descubierto la última vez que ella y Robbotti tuvieron una reunión en el bar del hotel? Sí, no era una sorpresa verla entrar ahora en el Guido Apart.

Adela ató a Guardiana a un poste y le indicó al oído que se quedara quieta. Esta vez, había ideado un plan para descubrir cuál era la relación de la encargada de Relaciones Públicas con el tal Robbotti. ¿Se habrían citado en el cementerio la noche del encierro de Inés? ¿Serían cómplices? ¿El agente y el de las erres eran una misma persona? ¿Con quién pensaba reunirse hoy allí? Quizá era su ocasión para averiguarlo. Dejó a la perra cerca de la salida del hotel y, protegida por un árbol, hizo su llamada.

—Guido Apart —dijo una voz masculina—. ¿En qué la puedo ayudar?

—Quisiera hablar con la profesora Hilda González, creo que está en el bar.

—Enseguida la comunico.

Adela repitió el mensaje al barman y esperó sobre ascuas. Apenas oyó su voz...

—Señora Hilda, habla Celia, la secretaria de Triunfal. El señor Robbotti me acaba de llamar y dice si puede verlo en la puerta del mismo lugar donde se desencontraron el lunes. Él va para allá.

Tras un breve silencio, se volvió a oír la voz extrañada de Hilda.

—¿Por qué no me llamó él al celular? ¿Cómo sabía que yo podía estar acá?

—Me... dijo que intentara ubicarla ahí,

por las dudas. Estaba en una reunión y no podía comunicarse.

Hilda vaciló, luego contestó que *trataría* de ir y cortaron.

Satisfecha con el resultado de su plan, Adela aguardó impaciente detrás del plátano hasta que la mujer saliera del hotel. No tardó mucho en seguirla de lejos arrastrando a Guardiana de la correa como si su único objetivo fuera pasear a la perra.

Hilda cruzó la calle y caminó por la interminable cuadra del cementerio. El corazón de Adela empezó a latir a marcha frenética. "Yo tenía razón, Robbotti es el de las erres y son cómplices. Va a la Recoleta a buscarlo donde se desencontraron la última vez". Se mantuvo a una respetable distancia, pero sorpresivamente Guardiana pegó un tirón de la correa, se soltó y huyó por la plaza. Adela se distrajo y, al volver la mirada a la cuadra de enfrente, notó que la mujer había desaparecido. Desilusionada, se dispuso a buscar a la dóberman lamentando tener que volver a su casa sin poder confirmar del todo sus sospechas.

De repente, sintió que la tomaban del brazo y la sentaban, casi a la fuerza, en el banco más cercano.

—Te vi desde que salí del hotel. Ahora me

vas a decir quién sos y por qué me seguís —dijo
la voz severa de Hilda—. Apuesto a que fuiste vos
la que llamaste recién, porque Robbotti acababa
de dejarme un mensaje en mi celular –y de pronto retrocedió sorprendida–. Pero... ¡si sos la chica
que estuvo en el Palais a pedir información para
un trabajo!

Adela empalideció; las manos le temblaban. "¡Qué tonta soy! ¡Cómo me dejé atrapar
así!", pensó. Miró esperanzada a su perra: Guardiana no la veía; ellas estaban detrás de un árbol y
la perra correteaba entre los canteros. Juntó fuerzas y con un hilo de voz:

—Yo... no sé de qué me está hablando.
Vine a pasear a mi perra.

—¡Mentirosa! Me vas a decir por qué me
seguís. ¡Ahora mismo!

—Usted... estuvo en el cementerio el lunes —dijo sin poder contenerse—. Alguien la llamó por teléfono cuando yo estaba, y le pidió una
cita en el mausoleo de Sarmiento. Yo sé... que ese
hombre es un ladrón de cuadros.

Hilda la miró sorprendida, después se puso furiosa.

—¿Me podrías decir qué hace una chiqui-
lina como vos metida en esto?

Adela no contestó.

—Vamos, me vas a tener que acompañar. Quiero que repitas eso delante de la persona con la que estuve recién.

Adela volvió la mirada hacia los canteros: Guardiana ya no estaba allí. Ella podía gritar, resistirse y entonces la otra no tendría más remedio que dejarla ir. No debía entrar en pánico; por la plaza circulaba mucha gente y alguien intervendría en su favor. Se disponía a intentarlo, cuando una silueta oscura trepó como ráfaga al banco y se abalanzó sobre Hilda.

Guardiana con la boca abierta y a centímetros del cuello de la mujer mostraba los colmillos gruñendo con ferocidad.

—¡Sacame esta perra de encima! —gritó Hilda aterrada.

Adela sostuvo a la dóberman de la correa, aunque sin moverla del banco.

—A la mujer que vio salir al ladrón del museo la amenazaron con un anónimo y la citaron en el cementerio el lunes. Ella no fue, pero yo sí... y la vi salir a usted —acusó con toda la sangre fría de que fue capaz.

—¡Sacame a esta perra de encima! —volvió a chillar Hilda.

Imprevistamente, una figura masculina corrió hacia ellas, se interpuso y ordenó:

—¡Más vale que le hagas caso, Adela!

Sin soltar a Guardiana, ella se dio vuelta y se encontró cara a cara con un hombre.

—¡Moreno! Usted estaba de viaje... Mire que ella es...

—Volví hace una hora. Iba a llamarlos. Sé perfectamente quién es Hilda. ¡Que Guardiana se baje del banco!

Adela tironeó de la correa y le dio la orden. A regañadientes, la perra hizo lo que le pedía su dueña, pero se quedó mirando a Hilda, expectante, como diciendo: "Si la tocás a ella, te muerdo".

—Yo le pedí a Hilda que fuera al cementerio y averiguara ciertas cosas en mi ausencia —continuó Moreno—. Quedamos en que las reuniones se harían en el bar del hotel. El agente de seguros está en contacto con nosotros, ya que él también ofrece una gratificación para quien aporte datos sobre el robo. Recién Hilda estaba en el apart conmigo —y dirigiéndose a ella—: Lamento mucho esta tremenda confusión. Ella y sus amigos son...

Mientras Moreno le explicaba, Adela, ruborizada a más no poder, se puso a acariciar a Guardiana. ¡Deseaba que la tierra se la tragara!

Ignoraba que justo en ese momento, su celular que se había caído recibía una llamada de Inés. Fue una verdadera lástima que no lo escuchara.

27

EL DESCUBRIMIENTO DE INÉS

Los acontecimientos se precipitaban. El pelirrojo, Porky y su banda de matones tendrían que conformarse con su magro botín y salir de escena. No se atreverían a denunciarlo sabiendo todo lo que él sabía. Si molestaban, la policía sería informada anónimamente del escondite. "Hola, ¿policía? En La Boca, Ministro Brin mil ciento cincuenta, a metros de la Plaza Solís, están los cuadros robados en casas de familia durante los últimos dos años...". Rió al imaginar la reacción del otro lado de la línea y el posterior allanamiento. Encontrarían las cajas de embalaje con su valioso contenido: algunos óleos pintados encima para ser sacados del país sin despertar sospechas, otros debidamente embalados para ser vendidos en el mercado negro local. A él esas obras no le interesaban cuando tenía por delante un negocio de más de diez millones de dólares. Claro que estos estúpidos no estaban enterados de lo que habían tenido entre las manos. Y César Tránsito ya no podría decirle a nadie lo que había averiguado, tiempo atrás, para su amigo, porque estaba bajo tierra después de un oportuno ataque cardíaco. ¡Si no se le hubiera ocurrido empezar a chantajearlo! No podía arriesgarse más; la gente de Quebec le había dado un adelanto y estaba ansioso por concretar el negocio. Todo habría resultado más simple si el viejo hubiera accedido a largar el cuadro antes", reflexionó, pero se empeñaba en retenerlo por motivos sentimentales. "¡Viejo gagá!" ¡Se salvó por un pelo de sufrir otro "oportuno" ataque cardíaco!

"Ahora tengo que ocuparme de esa testigo. Si no hago todo personalmente, las cosas salen mal. Es inútil, no puedo delegar". Al menos ya había descubierto el lugar de su escondite: el departamento vecino, vacío y en alquiler. Sería cosa de unos minutos, y a nadie le extrañaría que esa loca se hubiera tirado por la ventana. Tenía una pésima reputación en el edificio. Con su disfraz, él podría entrar y salir sin ser reconocido. Y entonces, se dedicaría con toda tranquilidad al negocio.

Alentado por esos pensamientos, caminó con renovados bríos hacia el departamento de la avenida Pueyrredón.

Tras despedirse de Adela...

Inés entró en el departamento del piso trece usando la llave que la adivina le había confiado antes de desaparecer. Tenía el doble propósito de regar las plantas y, llegado el caso, averiguar algún dato sobre el paradero de Luz. Sobre un aparador estaban las cuentas atrasadas, tal vez Luz tuviera un teléfono móvil. ¿No tendría una agenda donde figurara el nombre de alguna amiga?

Primero el deber: Inés fue y volvió varias veces de la cocina inundando con la regadera las plantas de interior y las macetas del balcón. Con la conciencia tranquila por la tarea cumplida, se concentró por un momento en los sobres del aparador. Nada. Cuentas de servicios y algunos folletos fue lo único que encontró.

La sobresaltó la campanilla del teléfono.

Inés titubeó un poco antes de atender.

—Hola, ¿quién habla? —dijo con voz cautelosa.

—¿Inés? Soy Luz. Llamé en cuanto vi la lámpara del living encendida.

—¿Que la vio, dice? ¿Dónde está?

—Andá al balcón, por favor. Quiero que pases al departamento de al lado y prosigamos esta conversación ahí.

—Luz, mejor corto y usted me vuelve a llamar en cinco minutos. Es... para sentirme más segura. La última vez que los chicos fueron a ese departamento, oyeron ruidos... ¿Entiende?

—Entiendo.

Inés colgó y marcó precipitadamente el número del celular de Adela. Atendió un contestador; esperó con impaciencia la señal y dejó un mensaje urgente. No satisfecha con esto, dejó otro idéntico en el de Pablo, y en el de Mauro. ¿Por qué ninguno de ellos lo tenía encendido?

El teléfono volvió a sonar. Esta vez Inés hizo lo que la adivina le pedía.

La puerta ventana del departamento vecino estaba abierta, Inés la empujó y entró en la habitación principal.

—Está cortada la electricidad —la previnó la voz fuerte de Luz—. Vas a encontrar una linterna en el piso, tomala y seguí avanzando por el pasillo.

Temblando de nervios, Inés cumplió al pie de la letra las indicaciones. Repentinamente, la puerta del segundo dormitorio empezó a abrirse con lentitud.

—Podés entrar —la invitó una voz conocida desde adentro.

Demacrada y con los ojos enrojecidos, Luz la recibió sentada en un colchón cubierto por diarios viejos. En un rincón había una caja llena de latas y otros alimentos.

—Te hice venir porque tenía miedo de que alguien estuviera vigilando el balcón desde el edificio de enfrente.

—¿Cuánto hace que...?

—Estuve acá todo el tiempo —la interrumpió—. Era lo más seguro. Una amiga mía trabaja en la inmobiliaria que lo tiene en alquiler. Les pido disculpas por el susto del otro día. Prefería que no me descubrieran... por su propia seguridad. Tampoco tuve intenciones de dejar caer la maceta, fue un accidente. Sólo quería ver cómo regabas las plantas para sentirme un poco mejor... —sollozó.

Conmovida, Inés la abrazó y la besó en ambas mejillas.

—Luz, vuelva a su casa y deje que le prepare algo de comer. No puede seguir escondida acá... ¡Se va a enfermar! Tiene que confiar en Moreno, el ex comisario del que le hablé. Él es de toda confianza y está investigando el caso. Mis amigos y yo descubrimos muchas cosas sobre el robo. El otro día llamaron cuando usted no estaba, la citaban en el cementerio y yo...

Atropellándose con las palabras, le contó a su vecina todas las peripecias vividas por los cuatro detectives, las sospechas acumuladas y cómo habían descubierto que el pelirrojo era el ladrón, el de las erres el que le había encargado el robo, y que Hilda, Porky y Robbotti también estaban involucrados en el asunto.

—...Todavía no sabemos quién es el de las erres, aunque sospechamos que puede ser el agente de seguros. ¿Será el verdadero cerebro de todo?

—Ni el pelirrojo debe conocer su identidad. Ese hombre tiene el as de espadas —susurró enigmática Luz.

—Tiene que hablar con Moreno, la puede ayudar. Él va a llegar sin falta hoy; nos dijo que se iba por dos días —le aseguró Inés—. Nuestros padres no saben nada todavía, pero apenas él vuelva...

Internamente, Inés empezaba a arrepentirse de todos los líos en los que se habían metido a espaldas de sus padres. "Ya les vamos a contar, y Moreno va a arreglar todo, estoy segura", trató de tranquilizarse.

—Nada de ex policías. No confío en ellos. Vos te volvés ahora mismo a tu casa, no entrás más en mi departamento, yo me voy a ocupar de mis plantas y te olvidás de ese maldito robo. Decile a tus amigos que hagan lo mismo, por favor —suplicó Luz.

—¡Tarde o temprano va a tener que salir de aquí! No puede esconderse para siempre en un departamento vacío.

La adivina permaneció callada meditando su respuesta.

De improviso, el silencio fue interrumpido por el chirrido de una puerta al abrirse.

—¡Entró alguien! ¡Rápido, Inés, escondete en ese ropero! Yo voy al del otro cuarto —susurró Luz con los ojos más desorbitados que nunca.

Inés buscó refugio en el armario vacío, con la sola compañía de una lámpara de madera

abandonada. Luz no alcanzó a llegar a la puerta; un hombre corpulento y gordo, de sobretodo oscuro y portafolios, se precipitó dentro del dormitorio. Sin pronunciar palabra, la apuntó con un revólver. Encerrada en su incómodo escondite, Inés espió la escena temblando como una hoja.

—No dispare. ¡Espere! Hay algo que no sabe —rogó Luz con voz ahogada.

—El otrro día la esperré en la Rrrecoleta. Ahorra ya es tarrde.

—Mire, yo no sé quién es usted, así que no puedo denunciarlo. Pero conozco a ese pelirrojo y sé que lo está traicionando. Lo va a delatar y le dio unas pinturas falsas. Yo sé dónde puso las verdaderas —insistió Luz.

—No trrate de engañarrme parra salvarrse. Usted ignora con quién está hablando. Ahorra me va a acompañarrr hasta el balcón y vamos a mirrrarrr juntos la vista al rrrío.

Erika sólo dejaba de llorar y justificarse para sonarse la nariz.

—No pensé que Porky pudiera hacerle daño a nadie. Mi hermano hace rato que no viene... Y yo no sé en qué anda.

—Tenemos pruebas de que él está viviendo en una obra en construcción muy cerca de acá. Porky fue a buscarlo ahí hace unas horas —dijo Gino con severidad.

—Mi amigo los descubrió y ellos se lo llevaron. Erika, tiene que decirnos dónde pueden estar ahora. Por su propio bien. ¿No querrá ser cómplice de un secuestro? —la presionó Mauro.

Ella interrumpió el llanto para mirarlo con rabia.

—¿Cómo se te ocurre hablarme así? No sos más que un mocoso.

—¡El pañuelo de Pablo está manchado

con sangre! —exclamó Mauro agitándolo delante de sus narices.

La mujer bajó la vista, y luego empezó a hablar.

—Hay un pibe, Javo, que anda siempre con mi hermano —dijo por fin—. Él me explicó que acarrean cosas con la camioneta de la empresa a un lugar... Queda en La Boca, en Ministro Brin al mil quinientos... Aunque... no estoy segura de que puedan estar allá.

—No importa. ¡Vamos! Usted nos acompaña —se impacientó Mauro.

—¡No! Yo les dije dónde es, pero no me pidan que vaya. Si saben que los traicioné... —sollozó la mujer.

—Esperá, Mauro. ¡Tengo una idea mejor! —intervino Gino—. Necesito hacer una llamada urgente.

—Boleta. Éste trabaja para la policía. No podemos arriesgarnos.

—¿Y si lo dejamos en la vía y cuando venga el tren rajamos?

—No sé. Primero tendría que hablar con Porky...

Inmovilizado por el pelirrojo y Javo, Pablo esperaba aterrado su sentencia de muerte.

La entrada al terreno del camión de mudanzas los tomó desprevenidos. Frenó a medio metro de la puerta y un chofer asomó la cabeza y el cuello por la ventanilla. Pablo, que no podía verlo porque los otros lo tapaban, pudo oír lo que decía.

—Me corrés la chata, hermano. Voy a entrar con el camión. Porky me pidió que le descargara unos bultos acá.

—Y vos, ¿quién sos? A mí no me dijo nada. Esperate que lo llame por teléfono —contestó Ariel de mal humor.

Como si no hubiera oído, el hombre elevó el pulgar en señal de asentimiento, retrocedió con el vehículo y... ¡empezó a avanzar directo hacia ellos!

—¡Frená, animal! —aulló Javo despavorido.

Era su única oportunidad. Pablo reaccionó rápido; empujó con el cuerpo al pelirrojo y se escurrió entre los dos. En medio de gritos, insultos y chirriar de frenos, ganó a toda velocidad la salida y corrió sin detenerse ni mirar hacia atrás. Su perseguidor también era rápido y antes de llegar a la Plaza Solís se abalanzó sobre él intentando sujetarlo. Ciego de rabia, Pablo empezó a los puñetazos y a las patadas hasta que...

—¡Pará, bestia, que soy yo!

—¡Mauro!

Después aparecieron Gino y un chofer amigo suyo en el camión de mudanzas. Traían las caras largas por las malas noticias.

—Esos dos se escaparon como monos al pasar la tapia. En mis buenos tiempos los hubiera alcanzado —se lamentó Gino—. Hay que dar intervención a la policía; sabemos dónde se esconden, y también dónde vive la hermana. ¡Están perdidos!

—Gino, ¿podríamos esperar un poco? Moreno ya debe haber vuelto y quisiera hablar primero con él... y con los padres de mi amigo. Ellos... ahora están trabajando y no saben nada —y dirigiéndose hacia Pablo—: ¿Seguro que estás bien? No querés que pasemos por un hospital. Esa herida en la frente...

—Es un rasguño que ya ni me duele. Prefiero ir directo al departamento... contarles todo a las chicas... Además, yo creo que Moreno ya debe estar en Buenos Aires.

—Sí. Voy a comunicarme enseguida con el apart. Por suerte, Inés y Adela no tenían misiones tan peligrosas como las nuestras.

—Moreno... yo no sabía. Después de que la llamaron al Palais, y cuando vi el lugar de la cita escrito en el folleto, di por sentado que Hilda...

—¡Fuiste a espiarme y te llevaste mi anotación! Mirá que tomarme por una delincuente. ¡Qué chica más tonta! ¿Sabés quién me habló ese día? Moreno. Para avisarme que se iba por cuarenta y ocho horas a Mar del Plata, a buscar a César Tránsito, el experto que revisó las pinturas.

—Lástima que llegué tarde —dijo enigmático el ex comisario. Y continuó diciendo—: Cuando recibí el mensaje de Mauro avisándome de una reunión sospechosa en la Recoleta y supe que tenía que viajar, le pedí a Hilda que fuera a echar un vistazo en mi lugar —explicó el ex comisario. Y cambiando de tema—: ¿Habrán vuelto ya los chicos? No me gusta nada todo lo que me contaste. De entrada, lo previne a Mauro de que no se metieran en líos.

—Inés quedó en avisarme si... —metió la mano al bolsillo—. ¡El teléfono! ¡No lo tengo! Se me debe haber caído.

No tardaron mucho en encontrarlo tirado en el pasto cerca del banco. La autora del hallazgo fue, por supuesto, Guardiana.

Apenas Adela chequeó el primer mensaje de su casilla, se oyó la voz angustiada de su amiga: "Estoy por entrar en el departamento de al lado. Luz me llamó desde ahí y no sé qué le pasa. Pedí ayuda a alguien y vení rápido".

Sin perder un segundo, Moreno llamó a un comisario amigo.

Inés hizo un movimiento involuntario con el brazo, y su codo chocó contra la lámpara de madera que había en el ropero.

—¡Acá adentrrro esconde a alguien! ¡Abra o disparrro!

—El departamento está vacío, por eso me escondí. Estoy sola.

—No trrate de engañarrme. ¡Vamos, abrra ese arrrmarrrio!

Inés, hecha un ovillo tembloroso, sintió que el mundo se le venía abajo. Al ver que Luz no obedecía, el de las erres abrió el placar, la aferró del brazo y la sacó por la fuerza. Interponiéndose, Luz trató de rescatarla pero fue arrojada de un puntapié hacia un rincón; su cabeza sonó contra la pared y el cuerpo quedó inmóvil en el suelo.

—¿Qué hizo? —gritó Inés, tratando de desasirse para ir a auxiliar a su amiga.

El hombre, fuera de sí, le puso el revólver en la sien.

—¡No te muevas, nena, o disparrro... y después a ella! Ahora me van a acompañarrr las dos al balcón.

Inés se creía perdida, cuando oyó un ruido descomunal como si la puerta de entrada se viniera abajo. Hasta ellos llegó la voz amplificada de un megáfono:

—¡Policía! ¡Suelte el arma! ¡No tiene escapatoria!

El de las erres no dudó un segundo, aferró a Inés por ambos brazos y usándola de escudo empezó a avanzar hacia el pasillo.

—¡Tengo una rehén! ¡Suelten *ustedes* las armas o mato a la chica!

A partir de ese momento, Inés vio todo nublado, ya no tenía conciencia de lo que sucedía. Hasta que sintió un golpe seco, los brazos se aflojaron en torno a ella y el hombre se desmoronó como un títere. Parada detrás, enarbolando aún la lámpara de madera encontrada en el ropero que había descargado sobre el de las erres, Luz le suplicaba que corriera mientras gritaba:

—¡Auxilio, policía! ¡No disparen!

Moreno y los uniformados irrumpieron como tromba a rescatarlas. En cuestión de minutos, el de las erres quedó esposado y fuera de combate. Inés y Luz, confundidas en un estrecho abrazo, se consolaron mutuamente en un sillón del living.

Para todos fue una sorpresa descubrir que, bajo el sobretodo, el delincuente llevaba suficiente relleno como para aparentar diez kilos extra, y calzaba unas botas de tacón para simular mayor altura; también el bigote y el pelo rizado eran postizos. Despojado de sus arreglos, el hombre corpulento y gordo se transformaba en un individuo bajo, delgado y calvo. El mismo que pensaba salir del departamento, luego de cometer su crimen, con una identidad muy diferente y cargando su disfraz en un portafolios.

Al reconocerlo, Moreno quedó atónito.

—¡Gastón Brunnet! ¡Apuesto a que tiene mucho que ver con la muerte repentina de César Tránsito! Descubrir el misterio que ocultan los cuadros que usted le mandó revisar y luego robó, va a consolar a su tío de tener un sobrino ladrón y asesino —y dirigiéndose a los policías—: Díganle al comisario Martínez, que en una hora paso a verlo por la Seccional. Tengo mucho para contarle sobre este tipo.

Mientras los uniformados se lo llevaban, el hombre empezó a lanzar improperios (sin acento de erres) y a proclamar su inocencia pidiendo a gritos que llamaran a su abogado.

Resolución del caso

Semanas después...

Los chicos recibían un afectuoso mensaje por e-mail de Moreno, con un documento adjunto: un artículo publicado en Internet.

Quebec.

Una misteriosa pintura, supuestamente un Rembrandt, fue ofrecida a la venta en Quebec por Pierre Brunnet, un argentino que habría pedido por ella más de doce millones de dólares a un vendedor de arte francés que actuaba en nombre de un cliente anónimo. Enviado a Alemania para ser analizado, el cuadro intriga al gobierno canadiense.

La obra, un retrato sobre fondo negro de un hombre anciano con barba y pipa, ejecutada de acuerdo con el realismo expresionista, dio que hablar en Quebec a causa del misterio y el escándalo en el que se vio envuelta.

A pedido de Pierre Brunnet, su propietario argentino, un grupo de restauradores de Amsterdam habrían descubierto un autorretrato de Rembrandt que yacía escondido bajo capas y capas de pintura. El óleo superpuesto sobre el original transformaba la obra del artista en el "Retrato de un anciano con barba y pipa". La pintura de Rembrandt, dataría del 1634, y la obra de "maquillaje" habría sido realizada por alguno de sus discípulos a pedido del artista para hacerla más vendible.

Fuentes bien informadas aseguran que el dueño siempre sospechó de la obra y cuando vivía en Berlín se puso en contacto con varios expertos, pero nadie daba crédito a sus conjeturas. Al radicarse en la Argentina, el óleo habría sido revisado por un experto argentino de nombre César Tránsito, recientemente fallecido en extrañas circunstancias, sin haber revelado al dueño sus sospechas acerca del cuadro.

Por estos días, el caso del "Retrato de un anciano con barba y pipa", que resultó ser un autorretrato de Rembrandt, tuvo amplia repercusión en los medios de la Argentina debido a que fue robado junto con otra obra del Palais de Glace de Buenos Aires. Con la valiosa colaboración de un comisario retirado y cuatro

menores, la Policía Federal Argentina esclare-
ció el caso y procedió a arrestar a Gastón Brun-
net, sobrino del propietario de las pinturas, au-
tor intelectual del robo y sospechoso de homici-
dio de Tránsito.

Mientras tanto, en Quebec, el caso si-
gue dando lugar a la polémica, ya que el com-
prador, cuya identidad se desconoce, insistió en
que el cuadro ya le habría sido vendido en do-
ce millones de dólares, y que él desembolsó par-
te de esa suma a Gastón Brunnet. Sin embargo,
su propietario original, Pierre Brunnet, declaró
a esta agencia que una vez certificado por los
expertos piensa conservar el autorretrato de
Rembrandt en su colección privada.

Mauro terminó de leer la noticia y se fueron turnando para observar en detalle las fotos
que ilustraban la nota donde se veía primero la
obra original del anciano, despojada luego de las
distintas capas que la cubrían hasta transformarla
en el autorretrato del famoso artista holandés de
arte barroco.

Sherlock estaba radiante.

—¡Esto sí que es emocionante! ¡Nos citan
en la nota junto con Moreno! ¿Se dan cuenta de
que en este caso nos tocó toparnos con un secreto

oculto durante trescientos años? ¡Y el ladrón resultó ser el sobrino del pobre Pierre Brunnet!

—Tuvimos razón al sospechar que el de las erres camuflaba su aspecto físico para no ser reconocido —acotó Pablo.

—Ese Gastón es un demonio, hasta se alió primero con César Tránsito, el experto amigo que confirmó las sospechas del tío, y después lo mató —dijo Adela.

—Y pensaba hacer lo mismo con Luz y conmigo, si Moreno y la policía no llegaban a tiempo. Y Luz, que lo dejó fuera de combate con la lámpara... ¿Saben que yo siempre sospeché que el cuadro tenía algo raro? —exclamó Inés—. ¡Los ojos no eran los de un viejo, tenían... no sé, más vida. ¡Claro, era la mirada joven de Rembrandt!

—No te des máquina, hermanita... experta en arte. ¿Ellos lo descubrieron después de remover capas y capas de pintura, y vos te diste cuenta sólo con mirarlo? —ironizó Pablo.

—Llamalo intuición, si querés. La cosa es que yo estaba en lo cierto.

Nadie quiso discutirle; se sentían demasiado felices con las buenas noticias y la resolución exitosa del caso que, pese a los desafortunados momentos pasados –especialmente por Inés y Pablo–, había terminado bien. Claro que todos recordaban

el merecido reto recibido de sus padres, atempera-
do, sólo en parte, por la extensa charla que Moreno
mantuvo con ellos para tratar de calmarlos y responder sus preguntas con toda clase de explicaciones.

—Pensar que yo sospechaba de Hilda, y
había sido una aliada de Moreno –aunque igual
no me resulta simpática–. Por suerte, el pelirrojo,
Porky y Javo también fueron arrestados. Según dijo Moreno, en el galpón de La Boca encontraron
más de cuarenta y nueve cuadros robados, de casas de familia —comentó Adela.

—Sí, y sospechan que alguien estaba
comprando arte robado para embodegarlo y man-
darlo a Centroamérica. Porky los pintaba encima
para que pasaran por la Aduana y otros se vendían
en el mercado negro local —agregó Mauro.

—Cambiando de tema, ¿supieron la no-
vedad de Luz? Decidió empezar a trabajar con su
amiga en la inmobiliaria. Y lo más gracioso es que
está contentísima con el cambio —informó Inés.

—No quiere saber nada más con las cartas
y el arte de la adivinación. Dijo que le trajo dema-
siados problemas —rió Adela.

—También yo cambié de idea. Ese rato
que pasé encerrado en el furgón, con todos los
alambres que se me rompían y sin la ganzúa y el
destornillador para abrir la puerta, me hicieron

pensar. Renuncio a ser cerrajero y vuelvo a los motores. Acabo de comprarme un libro que está buenísimo: *Mecánica avanzada para no profesionales.*

Todos largaron la carcajada.

—En cambio, yo sigo firme con mis clases de guitarra. Estoy recontenta con todo lo que aprendí. Nico ya me enseñó a tocar cuatro canciones nuevas de Shakira —dijo entusiasmada Inés.

—¡Con ese profesor... y encima gratis! Dale, Inés, ¡vos estás de novia con Nicocodrilo! ¡Vamos, confesá! —la presionó Adela.

Ella se puso colorada, y ya abría la boca para protestar cuando sonó el teléfono. No tardó en oírse la voz de su madre desde la cocina:

—¡Inés! Es para vos: ¡Nicolás!

Entre un coro de risas, fue corriendo a atender.

"Todo salió a pedir de boca... salvo una cosa", pensó Mauro, y miró de reojo a Adela. Ya se habían cumplido tres semanas desde que rompieran el noviazgo, y no habían vuelto a hablar del tema. Aunque por ciertas señales pensaba que ella... Sí, era hora de arriesgarse y buscar una segunda oportunidad.

Aprovechando que Pablo estaba sumergido en su nuevo libro, ocupó el lugar que Inés había dejado libre al lado de Adela, y le preguntó en un susurro.

—¿Te acompaño a llevar a Guardiana a la plaza?

Y esperó con el ánimo en vilo su contestación.

Al menos la dóberman era su aliada incondicional; corría alborozada en busca de los palos que él le arrojaba para devolvérselos intactos, se dejaba acariciar y lo bañaba a lengüetazos. Adela, en cambio, permanecía silenciosa y algo distante.

Hasta que un dóberman marrón vino derecho hacia la perra, la sedujo a primera vista, y se fueron de parranda por el césped. El dueño, un chico morocho de pelo revuelto, se acercó a saludar a Adela. Tras presentárselo a Mauro, los dos se quedaron charlando mientras sus respectivos perros los aturdían a ladridos.

Para alivio de Mauro, el morocho por fin se fue.

—¿Quién es? ¿Va a tu colegio? —preguntó tratando de disimular su molestia.

—No. Lo conocí el otro día en la plaza; su perro se hizo amigo de Guardiana y nos pusimos a charlar. Parece rebuen pibe.

Mauro desvió la mirada hacia la Facultad de Derecho, pensativo.

Después, como quien no quiere la cosa, empezó a contarle sus proyectos, y Adela le habló de los suyos. El plan de Mauro era volver definitivamente a vivir en Buenos Aires con Walter, y empezar sus estudios de Derecho en la universidad estatal. Consciente de las ventajas y desventajas de vivir en Berlín o acá, había tomado su decisión. Adela quería seguir la carrera de Veterinaria apenas terminara quinto año, aunque por momentos la tentaba hacer un curso de jardinería y paisajismo. Agotados estos temas, se produjo un largo silencio.

Mauro lo interrumpió diciendo:

—Adela, necesito preguntarte algo, y te pido que pienses bien la respuesta porque no voy a volver a tocar este tema. ¡Nunca más!

—Mamá dice que no se debe decir "nunca" ni "siempre" —bromeó ella para vencer la tensión.

—Ahí va mi pregunta directa —dos, en realidad—: ¿Es cierto que ya no me querés? ¿Estás segura de que nuestra relación... se acabó?

—¡No! —reaccionó ella, alarmada. Y agregó—: ¿Cómo puedo estar segura de no quererte después de un noviazgo de dos años? Además, ¿cuánto hace que somos amigos, Mauro?

—¡Desde los trece años! Pero no es igual.

Cuando rompimos me dijiste que no sentías lo mismo y que no podías seguir de novia conmigo pensando así.

—Es verdad. Tenía, tengo, muchas dudas, Mauro, y me pareció mejor que lo supieras. Vos mismo insististe para que hablara, ¿te acordás? Por eso te pedí un tiempo... sin compromisos entre vos y yo.

—"Un compás de espera" —subrayó Mauro irónico—. ¿Y qué se supone que haga yo mientras tanto? ¿Confiar en que vuelvas a enamorarte de mí? ¿Tratar de olvidarte, salir con otra o qué?

Adela permaneció en silencio con la cabeza baja. Cuando alzó la vista, tenía los ojos empañados.

—Creo que... me da miedo quererte —dijo con voz ahogada—. A veces, siento que prefiero ser tu amiga y no tu novia. Sos... tan posesivo... tan dominante... y orgulloso por momentos.

—¡No esperes que cambie! Mentiría si te dijera lo contrario. Es parte de mi personalidad. Me conociste así, te gusté así... —contestó alterado.

—Te conocí y me gustaste por otras cosas, y a pesar de esas —aclaró Adela—: Pero vos tenés razón, Mauro: yo tampoco creo que cambies. Y supongo que tu novia debería aceptarte y quererte tal como sos.

Mauro la miró interrogante.

—No es fácil para mí, ¿entendés? También soy de carácter fuerte y a veces... Me molesta que trates de convencerme para salirte con la tuya. Ése es el problema.

—Adela, sé sincera conmigo, ¿es ése el problema, o hay otra persona? El chico con el que charlaste recién. ¿Te gusta, no?

—Apenas lo conozco... No te niego que me pareció simpático, y en un momento hasta pensé: "¿Por qué Mauro no será así de tranquilo, de simple?". ¿Y, vos? ¿Pasa algo con Celia? Durante estas semanas te llamó varias veces. Yo estaba presente.

—Porque apenas Walter volvió de Entre Ríos le pregunté si no podía recomendarla para algún trabajo. Es rebuena piba, y en algún momento yo también pensé: "¿Por qué Adela no será cálida y demostrativa como ella?".

—¿Y...?

—Y... nada. Yo pregunté primero. ¿Pasa algo con ese pibe?

—¿A vos te gusta esa chica?

Se miraron fijo a los ojos como si quisieran sacarse de mentira, verdad. Pero Mauro decidió cambiar de táctica; en su cabeza bullían las ideas y no sabía por cuál decidirse y traducir en palabras.

—Por ahí..., seguir con este "compás de espera" es lo mejor. ¿Eso querés vos?

Adela no contestó. Una oleada de angustia la recorrió entera, sintió las manos heladas y el corazón empezó a latirle con violencia. "Le gusta la otra, pensaba, esta vez lo perdí".

El silencio se les hizo interminable. Ninguno de los dos reaccionaba.

—Ni vos misma sabés lo que querés —dijo Mauro con fastidio.

—¡Eso no es cierto! Desde que somos amigos... —empezó a decir Adela.

"Amigos", Mauro paladeó con amargura la palabra. Odiaba ser su amigo. Aunque si ésa fuera la única manera de seguir viéndola; su última oportunidad de reconquistarla...

—...A mí me cambió la vida —continuó diciendo Adela—. Y a pesar de tu carácter, a pesar de todo lo que te dije... —y de repente algo se desbordó dentro de ella, y exclamó—: ¡No quiero perderte, Mauro! Te pedí un tiempo porque..., aunque ahora lo sé.

—¿Qué sabés? Necesito que me lo digas, Adela —dijo él, serio.

—...Que yo sigo enamorada —susurró—.

Pero si vos...

En un impulso, Mauro sacó algo del bolsillo, y se lo entregó: un anillo de plata cincelado a mano.

—Se lo compré a uno de los artesanos, quiero que lo uses... siempre.

—¡Mauro! ¡Es... lindísimo! ¿Por qué...?

—Porque sos única, y te adoro y... ¡cuando me reciba, me caso con vos!

—¡Yo también te adoro! Mauro, ¿sabés que estás reloco?

—Sí, pero de amor.

Y se abrazaron felices, unidos en un beso apasionado de reconciliación.

MARÍA BRANDÁN ARÁOZ

Queridos chicos:

Cuando tenía la edad de ustedes me encantaba leer, y escribir poesías y cuentos en los cuadernos del colegio. Pero... ¿ser escritora yo? Ése era un sueño muy lejano; algo que le pasaba a los otros. Entonces fui maestra, estudié y trabajé como periodista, y seguí escribiendo cuentos a escondidas. Hasta que un día alguien me "encargó" una novela juvenil, me animé y la escribí.

Vacaciones con Aspirina, mi primer libro, se publicó en 1983, ganó un premio y yo empecé a tener encuentros con los lectores. Así descubrí mi verdadera vocación. ¡Y no paré más! Escribí y publiqué más de veinte libros. ¿Los preferidos de los chicos? Las novelas de misterio: *Refugio peligroso, Vecinos y detectives en Belgrano, Detectives en Palermo Viejo, Detectives en Bariloche* y *Misterio en Colonia* (por orden de aparición). Otros chicos disfrutaron con mis libros de aventuras: *Enero en Mar del Sur* y *Soledad va al colegio.* Hasta me animé a escribir una novela de magia con mucho humor: *El Hada Mau y las Perfectas Malvadas.* Y para los más chiquitos: *Luna recién nacida, Magdalena en el Zoológico, El globo de Magdalena* y *Un carrito color sol.*

Antes de imaginar mis historias, me gusta visitar el barrio en donde van a transcurrir las aventuras o los misterios. Necesito inspirarme en escenarios reales, y que ustedes puedan recorrerlos al terminar de leer el libro y comprobar que esos lugares existen.

Si me invitan, voy a visitarlos a los colegios, porque yo también quiero conocerlos, preguntarles qué opinan de los libros y contarles cómo nacieron en mi imaginación los personajes y las historias. Como *Detectives en Recoleta,* la que leyeron ahora.

Un abrazo a todos mis lectores,

María (Marita) Brandán Aráoz

ÍNDICE

Otros títulos de la autora

En Alfaguara

Vecinos y detectives en Belgrano

Detectives en Palermo Viejo

Detectives en Bariloche

En Santillana

Misterio en Colonia

Esta segunda reimpresión se terminó de imprimir en el mes de febrero de 2007 en Kalifon S. A., Ramón L. Falcón 4307, C1407GSU, Ciudad de Buenos Aires, República Argentina.